Albert Espinosa

# EL MUNDO AZUL

Albert Espinosa nació en Barcelona en 1973, y es actor, director, guionista de cine, teatro y televisión e ingeniero industrial químico. Ha superado el millón de ejemplares vendidos de toda su obra. Sus libros *Si tú me dices ven lo dejo todo pero dime ven*, *Todo lo que podríamos haber sido tú y yo si no fuéramos tú y yo* y *El mundo amarillo* se han traducido en todo el mundo. Es creador de las películas *Planta 4ª*, *Va a ser que nadie es perfecto*, *Tu vida en 65'*, *No me pidas que te bese porque te besaré* y *Héroes*. Creador y guionista de los 13 capítulos de la exitosa serie de televisión *Pulseras rojas*, y que fue emitida en EE.UU por Fox como *Red Band Society*, basada en su libro *El mundo amarillo* y en su propia vida y lucha contra el cáncer.

*También de Albert Espinosa*

# EL MUNDO AMARILLO

# EL MUNDO AZUL

# ALBERT ESPINOSA

# EL MUNDO AZUL

## AZUL

### AMA TU CAOS

VINTAGE ESPAÑOL

*Una división de Penguin Random House LLC*

*Nueva York*

PRIMERA EDICION VINTAGE ESPAÑOL, JULIO 2015

Información de catalogación de publicaciones disponible en
la Biblioteca del Congreso de los Estados Unidos.

**Vintage Español ISBN en tapa blanda: 978-1-101-91253-9**

*Para venta exclusiva en EE.UU., Canadá, Puerto Rico y Filipinas.*

www.vintageespanol.com

Impreso en los Estados Unidos de América
10  9  8  7  6  5  4  3  2  1

*Sí, arriésgate.*

*Ésa es siempre la respuesta.*

Escrito en...

Ischia, Lanzarote,
Santiago de Chile,
Barcelona, Buenos Aires,
Menorca y Nueva York.

# Índice

El mejor momento para plantar un árbol fue hace veinte años, el segundo mejor momento es ahora.

Proverbio chino

Dentro de veinte años, estarás más decepcionado por lo que no hiciste que por lo que hiciste. Así que explora, sueña y descubre.

MARK TWAIN

# PRÓLOGO

Después de *El mundo amarillo* y de *Pulseras rojas*, necesitaba finalizar esta trilogía de colores que hablan de vida, de lucha y de muerte.

*El mundo amarillo* (2008) superó todas las previsiones que pudiera tener, y no hablo del número de lenguas al que se ha traducido ni de las ediciones que se han impreso, sino de lo más importante, el contacto con el público en forma de la cantidad de emails que recibo cada día de gente que me habla sobre lo que ha significado este libro en su vida.

Esos ocho mil emails diarios es un premio difícil de explicar. Es el cariño hacia un color que me emociona. Y es que siempre tienes un libro favorito y ése es *El mundo amarillo*. Es como el orgullo de un padre ante el primer hijo.

Y es que por las otras novelas siento adjetivos diferentes.

*Todo lo que podríamos haber sido tú y yo si no fuéramos tú y yo* (2010) nace de mi sueños y mis deseos. Tiene parte de esa obra de teatro junto a la que nació —*El fascinant noi que treia la llengua quan feia treballs manuals*— y habla del mismo concepto pero desde otra óptica.

Ese chico que desea dormir y no puede, que desea amar y no sabe cómo y, sobre todo, que debe enfrentarse a un don que no domina.

*Si tú me dices ven lo dejo todo… pero dime ven* (2011) me hizo pasar un Sant Jordi tan emocionante y lleno de tantas sensaciones como esa misma fecha años atrás cuando perdí la pierna, y la protagoniza el personaje con el que me he sentido más identificado: ese Dani que intenta crecer y que encuentra niños cuando el suyo está perdido.

*Brújulas que buscan sonrisas perdidas* (2013) nació cual gemelo junto a la obra de teatro *Els nostres tigres beuen llet*. En ambas obras intentaba devolver la gratitud hacia mi amigo Antonio Mercero; su lucha me ilumina cada día cual faro de respeto hacia una de las personas más honradas que he conocido en mi vida.

Y ahora llega *El mundo azul. Ama tu caos.* La necesidad de escribir este libro supera cualquier sentimiento que os pueda explicar.

Es un libro caótico en contenido, en expresión y en emoción.

He intentado no pensar en nada más que volcar todo mi mundo. Cada capítulo intenta ser parte de una sensación de vida que me ha tocado en instantes de mi existencia.

Empieza de color amarillo o rojo, pero poco a poco vira hacia ese azul.

Nace al tiempo que *Pitahaya*, el cortometraje que tantas alegrías me ha dado y cuyo «Ama tu caos» ilumina cada una de sus escenas.

Y espero que en pocos meses exista la película. La necesidad de rodarla junto a la gente que ama mi caos, es una pasión por la que lucharé el resto de mi vida.

Mis primeras tres novelas fueron alumbradas por ese color amarillo. Deseo que las próximas tres tengan ese color azul. No me importa la intensidad. No sé si será azul cobalto, azul azurita, azul de Alejandría o azul de lapislázuli.

Lo que sí sé es que esta ficción nace de personajes reales que conocí en aquella semana en que mi vida se apagaba con dieciséis años y me dieron ese tres por ciento de posibilidades de vivir que me marcó inevitablemente el resto de mis días.

Este libro es una ficción-no ficción que enraíza con aquel Lleó de *Polseres vermelles* que debía encontrar su camino. También hay parte de aquella persona que me contó los siete secretos para ser feliz de *El mundo amarillo* y, sobre todo, habla de esa gente increíble cuya vida, cuya alma y cuya bondad he intentado volcar en estos personajes.

Como hice en *El mundo amarillo*, deseo dejaros mi dirección de email. Creo que conectar con vosotros, lectores, con los que leáis este libro en cualquier país o en cualquier idioma, creará un vínculo eterno entre nosotros.

Aquí os dejo mi correo: albertespinosa91@yahoo.es

Deseo que formemos ese mundo azul...

ALBERT ESPINOSA
*Lanzarote, marzo de 2015*

# 1

UN PROBLEMA
ES TAN SÓLO LA DIFERENCIA
ENTRE LO ESPERADO Y LO OBTENIDO
DE LAS PERSONAS O DE LA VIDA

Mi padre escuchaba el mar, el sonido de las olas al romper contra el acantilado.

Jamás escuchó a las personas. El mar, decía, al menos no intentaba engañarte. Pasaba horas mirando ese acantilado deseando comprender qué le quería comunicar ese sonido.

—La naturaleza nos habla, pero estamos demasiado ocupados para entenderla —me susurraba algunas noches en mi oído bueno.

Padre jugaba a hacer equilibrios en ese acantilado. Fumaba justo en el borde y la ceniza que se desprendía de su cigarrillo marcaba esa leve diferencia entre caerse al vacío o permanecer en tierra.

Saltó desde ese acantilado cuando yo tenía once años, no sé si se lo ordenó el mar o si quería más a ese océano que a sus hijos adoptivos.

No lo llegué a saber nunca, tan sólo lo encontré por la mañana meciéndose en las olas. Divisé su sonrisa desde lo alto. Hoy hace casi siete años exactos que se marchó. Tan sólo me restan tres días para cumplir los dieciocho. Y no sé si llegaré...

Y es que aquella mañana, cuando abrí la puerta del despacho de mi médico, supe que estaba muerto.

Vi a aquel doctor en la silla de al lado de la que yo me iba a sentar y me lo imaginé.

Aquel hombre con bata me dijo que me quedaban dos o tres días de vida. Lo relató con una parsimonia y una naturalidad que no parecía que implicaba la pérdida de una vida. En este caso la mía.

Todos sabíamos de su poca habilidad dando malas noticias. Y es que él jamás se movía del sillón de delante de su escritorio a menos que tuviera que contarte algo trágico.

Entonces se levantaba de su cómoda poltrona, daba cuatro pasos exactos, se sentaba en la silla que había al lado del paciente y, sin ningún tipo de emoción, soltaba la noticia bomba.

Me imaginé que había aprendido aquel truco en algún curso de empatía con el enfermo. Pero sólo se había quedado con la parte teórica. Seguro que había apuntado en su libreta: «Levantarme y acercarme», pero la nota sólo hacía referencia a movimientos físicos; olvidó implantar la emoción.

Recuerdo a aquel chico pelirrojo con el que compartí habitación un tiempo, que me contó que un día el médico se levantó y él tembló pensando que su vida llegaba a su fin. Pero resultó que el doctor sólo deseaba café, se lo sirvió y se volvió a sentar. El pelirrojo suspiró aliviado; yo no tenía aquella suerte.

—En el hospital te proporcionaremos las herramientas que necesites para aliviar el dolor —dijo mi médico, que continuaba hablando con ese tono neutro.

Utilizaba la palabra «dolor» cuando en realidad quería decir «muerte». Hablaba de «herramientas» cuando se refería a morfina y a otras mierdas que harían que pasara esos dos o tres días sedado e inconsciente. Y desde hacía tiempo yo sabía que no deseaba morir así.

Tengo miedo a morir, no os confundáis. Mucho miedo, pero quiero estar consciente cuando llegue el momento. He pasado por demasiado para perderme ese final.

No os quiero hablar de lo que tengo, de lo que he padecido y de la enfermedad que me lleva a la muerte. Sólo serviría para regocijarme en ello. El dolor siempre es parecido. Cuando llega, es insoportable. Cuando pasa, lo olvidas.

El dolor emocional es justo lo contrario: cuando aparece por primera vez, jamás te imaginas lo que dolerá con el tiempo.

Notaba el miedo del médico a pronunciar la palabra «muerte». Fue entonces cuando hice lo que deseaba desde hacía tanto tiempo. Había buscado en internet como hacerlo sin romperme ningún dedo.

Y solté mi primer puñetazo. Eso sí, me hice daño. Internet nunca tiene toda la verdad aunque había consultado diez páginas diferentes.

Luego, sin mirar atrás, salí de aquella sala y de aquel hospital. Sabía adónde debía ir, no deseaba morir allí.

La enfermera joven con la que había tenido más confianza, se acercó a mí cuando dejaba el pasillo principal. Me dio una bolsa con medicamentos. Algunas noches especiales de hospital le había adelantado mis planes. Pensé que quizá entre nosotros podría haber algo, pero yo sólo le despertaba compasión y ternura. Y ése es el antídoto más potente contra el sexo.

No acepté los medicamentos. No deseaba llevarme nada de allí. Y es que nada poseía en mi vida. A mis diecisiete años, no tenía hogar, padres, hermanos... Tan sólo aquella llave que colgaba de mi cuello y que pertenecía a aquella casa del acantilado. No sé por qué padre me la dejó a mí, nunca regresé a aquel lugar.

Dentro del ascensor rompí mi pijama azul. Tanto las mangas como el pantalón. No quería parecer un enfermo. Cuatro plantas fueron suficientes para cambiar mi aspecto.

Al abrirse el ascensor, el olor de las visitas me asaltó. Siempre huelen a nuevas. Todos llegan de casa con su ropa limpia, su cara lavada y se cruzan con los que han pasado la noche en el hospital, que siempre apestan a largo viaje en avión. El ascensor siempre ha sido el intercambiador perfecto.

Aunque yo no sabía mucho de visitas, la vida me había arrebatado muchas cosas a mis pocos años y, entre ellas, la oportunidad de tener cerca de mí aquellas personas que tienen la necesidad de venir a verte cuando enfermas.

Salí del ascensor y me quedé parado en la entrada del hospital mirando el exterior. Me costaba abandonar aquel «hogar».

Me puse los auriculares que siempre llevaba conmigo. Amaba la música por encima de todas las cosas, aunque mi oído izquierdo no funcionaba. Aquel audífono azul me acompañaba desde que nací y me servía para enchufar o desenchufar una mitad de mí con el mundo.

Creo que fue Nietzsche que dijo que una vida sin música sería un error. Yo añadiría que, sin los mejores auriculares para escucharla, es un sacrilegio.

Sonó «Tu vuò fà l'americano» y fue como si todo aquel hospital se moviese a ritmo napolitano. Y comencé a garabatear en un papel lo que había vivido junto a aquel médico. Lo hacía siempre, dibujar secuencias de mi vida, era mi diario. No me gustaban mucho las palabras. Tan sólo los sonidos, incluido el del lápiz sobre una hoja, recreando instantes que acababa de vivir.

Siempre me ha entusiasmado marcar el ritmo del mundo. Jamás escucho el sonido de la calle; no es agradable. Las conversaciones de la gente siempre versan sobre quejas. Quejas sobre su vida, su pareja y su trabajo. Quejarse no tiene ningún sentido.

Siempre he creído que los problemas no existen, se crean pensando.

Un problema es tan sólo la diferencia entre lo esperado y lo obtenido de las personas o de la vida.

2

Y RECUERDA QUE CUANDO EXPLIQUES
ESTA TEORÍA SOBRE LA LIBERTAD, SOBRE
NO TENER OBLIGACIONES, TODO EL MUNDO
TE DIRÁ: «SI TODOS LO HICIÉRAMOS,
SI TODOS FUÉRAMOS LIBRES DE ELEGIR,
DE OBLIGACIONES, DE DESEOS...
¿QUÉ SERÍA DE ESTE MUNDO?».

TÚ SÓLO RESPÓNDELES:
«Y HACIENDO TODO LO QUE SE SUPONE
QUE DEBEMOS HACER...
¿QUÉ ES DE ESTE MUNDO?».

Allí estaba, paralizado justo delante de la entrada, con mi pijama troquelado y mi música, sin saber si la decisión que tomaba era la correcta.

Y es que podía morir en lo que había sido mi casa durante los últimos cinco años, en esa habitación 371, con calmantes y con un asistente social al lado que supongo que intentaría encontrar junto a mí un apego emocional o lanzarme a la aventura e ir al Grand Hotel.

No recuerdo bien quién fue el primer enfermo que me habló del Grand Hotel. Era una quimera que había escuchado cientos de veces y jamás había estado seguro de que fuera una realidad. Además, siempre me encantó que le llamaran «Grand Hotel» y no «Hotel»; le daba como un extra de pedigrí.

Creo recordar que supe de su existencia cuando conocí al primero de mis compañeros de habitación de hospital. Aquel hombre tenía una vida emocionante cuando cayó enfermo, quizá por ello le costó tanto aceptar que moría.

Cuanto más tienes, más arraigado estás en este mundo y más te duele perder.

De todos los hoteles que había visitado, el hotel de Rímini le tenía fascinado. Me contó que allí murió Fellini. No sabía si era verdad; lo busqué en internet (mi gran aliado contra las mentiras que nacen de la imaginación de las personas que quieren hacerse las interesantes) y sólo ponía que le dio un ataque al corazón en la habitación 315 de aquel hotel y luego lo trasladaron a un hospital donde murió.

Pero no me extrañó que su verdad distara un poco de la realidad. Aquel hombre siempre resumía las historias. Un día me dijo que la realidad era lenta y había que modificarla o alterarla para captar la atención de los que te rodean.

Tenía algo en el hígado que era terminal, no recuerdo bien el nombre técnico. Cuando le visitaba su médico, yo me ponía los auriculares y le dotaba de intimidad.

Tenía tanto dolor que cada quince segundos exactos chillaba. Era un alarido tremendo. Con el tiempo intenté que lo transformara en notas de música e intentase cantar, aprovechar su dolor para llegar a agudos operísticos. Amo tanto la música que pensé que si su dolor se convertía en notas, se disiparía.

Lo hizo, pero el paso del grave dolor al agudo musical

sonaba muy extraño. Siempre me creía y me respetaba. Yo también a él, sobre todo cuando lo visitaban sus hijas.

Y es que durante las dos horas que ellas estaban allí, se guardaba todo su dolor. No sé cómo lo conseguía, pero se reprimía ese grito angustiante. Siempre me recordaba a uno de esos futbolistas que se han infiltrado medicamentos para jugar el partido de su vida. Sufría pensando en todo el dolor que acumulaba. Cuando ellas marchaban, dejaba ir un alarido que inundaba todo el hospital y se transformaba en un gran do de pecho.

Sus hijas eran gemelas. Me contó que su mujer había muerto hacía unos años en un accidente de coche en el que pensó que también iba a perder a una de las niñas. Se emocionaba mucho cuando hablaba de su esposa. Había rehecho su vida junto a la mujer de su hermano, pero creo que aquel amor que le habían arrebatado jamás había sido olvidado.

También me relató que su padre había sido director de cine; por eso le entusiasmaban tanto los últimos años de Fellini en el hotel de Rímini. Me imaginé que la relación con su padre debía de haber sido complicada.

Me regaló *El libro de los sueños* de Fellini, un enorme compendio de los dibujos y escritos que el maestro soñaba cada noche.

Me encantó cuando aquel verano caluroso llegó un mensajero con aquel gigantesco paquete para mí. El que lo portaba era igual de joven que yo y creo que jamás había entregado nada en un hospital. Se tapaba la boca con la mano, tenía miedo a pillar algo, aunque no creo que supiera exactamente el qué.

Era bello, los guapos son cagones por naturaleza: tienen miedo a perder su belleza, su pelo o su piel. ¡Cuánto tiempo pierden pensando en eso, en lugar de disfrutar de esas cualidades que les llegaron de serie!

Me dio el bolígrafo para que firmara el albarán pero no quiso que se lo devolviera; se imaginó que debía de tener microbios.

—Deberías llevar uno de cobre —le dije.

—¿Cobre?

No entendió nada.

—El cobre repele las bacterias, lo repele todo. Cómprate uno de cobre.

Aquello me lo había contado un chaval de Santiago de Chile que vino por un trasplante, no recuerdo si de riñón o de hígado. De lo que sí que me acuerdo, es que me habló de que el cobre es muy amado en Chile, es su producto estrella, nace de las entrañas de su propia tierra. Hablaba con tanta pasión de aquel material, que decidí que el cobre también formaría parte de mí. Siempre he creído que las pasiones ajenas pueden llegar a ser propias si tienen buenos argumentos.

Sobre todo me encantó ver escrito el número de mi habitación en el paquete. Sentía que tenía un hogar, supongo que la correspondencia es parte de saber que tienes un lugar propio.

Dentro del paquete había películas, libros y bandas sonoras de Fellini y de Visconti. Fellini no me entusiasmó, excepto aquel final de *Fellini 8 ½* con *«La Passerella di Addio»* de Nino Rota sonando. Las buenas despedidas de la vida me imagino que deben ser así, con toda la gente que has amado apareciendo a ritmo de fanfarria. He visto tantas veces ese final que es como si lo hubiera vivido, como si fuera una secuencia más de mi vida.

Y curiosamente ahora lo era...

Os he contado todo esto porque mi primer compañero de habitación quería morir en un lugar que le llamaban el Grand Hotel. Me contó que había una fundación que te ayudaba a marchar a un sitio idílico donde pasabas los últimos días.

No pagabas nada, aunque tampoco estabas mucho tiempo allí. Lo intentó pero no lo admitieron. Debía demostrar que no tenía a nadie que le cuidara en esos últimos días y que se estaba muriendo. En resumidas cuentas, que era un muerto de hambre y su vida, una mierda.

Él tenía a las gemelas y por eso no le aceptaron; cuando lo que él quería era conseguir que ellas no tuvieran que verle morir.

Se puso tan triste cuando le denegaron la entrada.

Me pasó el contacto de los del Grand Hotel por si me llegaba el día. Lo hizo con delicadeza, esperanzado en que no pasase jamás, pero consciente de que llegaría. Los dos lo sabíamos. Lo mío no conllevaba dolor pero era igual de mortal que lo suyo, menos sonoro pero igual de efectivo.

En aquel tiempo, yo cumplía todos los requisitos, excepto el de morirme, pero sabía que tarde o temprano lo lograría también.

Cuando noté mi final cercano, escribí un email y, a las pocas horas, me dijeron que «cuando sucediera» tendría una plaza.

Sólo debía hacer una llamada y todo el mecanismo se pondría en marcha.

Había llegado el día en que lo haría, llamaría e iría al Grand Hotel.

Y fue en ese instante en que decidí salir a la calle y dejar aquel hall de hospital que me tenía bloqueado.

Sentí que debía ser valiente.

El aire de la calle me pareció un regalo.

Me sentí renacer.

Necesitaba un móvil para llamar. Decidí pedirlo a alguna de aquellas visitas, pero era complicado; en el móvil se guardan secretos, es la caja fuerte de nuestros tiempos.

Me decanté por una muchacha de facciones tiernas que rondaba los treinta años y en cuyo bolso debía de llevar toda su vida a juzgar por su exagerado tamaño.

—¿Me deja hacer una llamada? Sólo será un minuto. —Acompañé la súplica con una sonrisa.

Dudó.

—Debo comunicarme con alguien para contarle que me muero. —Retiré la sonrisa.

Al instante me tendió el teléfono. Su mano temblaba. La rocé antes de coger el móvil y sentí parte de sus pérdidas en las yemas de mis dedos.

Cada dígito que marcaba suponía el inicio de mi viaje. Sabía que, al llegar al último número, la aventura comenzaría.

Cuando me dijeron que «sí» desde el otro lado de la línea, sólo podía pensar en aquel primer compañero de habitación y el increíble discurso que me hizo poco antes de morir, cuando sus contracciones de dolor ya explotaban cada cinco segundos...

*La base de todo es pensar que hoy es el día que morirás. Eso da sentido a la vida. No hay más.*

Y cuando al día siguiente despiertes, tendrás la mayor de las alegrías al darte cuenta de que te han regalado veinticuatro horas más.

Pero recuerda que cada día lo has de vivir a tu manera. ¿De qué sirve vivir con sus reglas? Con las normas de los que desean que pienses que vivirás mil años para que no te centres.

No, no viviremos mil años, viviremos un día. Y luego otro y otro más... Si piensas así, conseguirás que no te atrapen con sus trucos para que hipoteques tu vida.

Piénsalo bien, si sólo te quedara un día: ¿trabajarías ese día?, ¿pagarías tus facturas?, ¿te interesarían las noticias?

¿O, en cambio, intentarías enamorarte? ¿Jugar? ¿Reír? ¿Amar? ¿Gritar? ¿Cantar? ¿Qué harías?

¿Lo comprendes? No tienes que hacer nada que no desees. No te obligues a nada que no necesites. Tan sólo vive el segundo, disfruta el minuto.

Y sobre todo olvida las obligaciones: son un círculo vicioso. Si entras en su rueda, siempre habrá obligaciones. Siempre.

*Y si vives con sus normas, tu ciudad te impedirá ver tu alma. Esos edificios altos fueron puestos allí para no dejarte ver nada más excepto otros edificios gigantescos.*

*Y recuerda que cuando expliques esta teoría sobre la libertad, sobre no tener obligaciones, todo el mundo te dirá: «Si todos lo hiciéramos, si todos fuéramos libres de elegir, de obligaciones, de deseos... ¿Qué sería de este mundo?».*

*Tú sólo respóndeles: «Y haciendo todo lo que se supone que debemos hacer... ¿Qué es de este mundo?».*

*El problema no es que sólo usemos el diez por ciento de nuestro cerebro, sino que no utilizamos ni el dos por ciento de las emociones de nuestro corazón.*

Cuando hizo aquel discurso, aquel hombre no parecía triste o apesadumbrado. Hablaba como si supiera lo que decía, como si resumiera parte de sus errores. Y si algo es de verdad, se puede aceptar aunque no estés de acuerdo con el concepto o la construcción.

Murió y el grito de dolor me recordó el final del aria *«E lucevan le stelle»*.

Aquel *«Addio a la vita»* de *Tosca*:

*E non ho amato*
*mai tanto la vita,*
*tanto la vita!*

Ahora le comprendía, yo tampoco la he amado nunca tanto como ahora que la perdía. Y no sé por qué; el mundo me ha quitado tantas cosas, que aún no entendía por qué luchaba tanto para seguir en él.

Pero el viaje hacia mi final o hacia mi inicio había empezado.

Viajaría hacia mi muerte.

3

DESPIERTO,
NO LO DESEO.

SUEÑO,
NO LO CONTROLO.

AMO,
NO A QUIEN YO QUIERO.

Y allí estaba, en aquel avión, a no sé cuántos metros de altitud y a una velocidad de locura; supe que era el momento de ir contracorriente.

Sólo al embarcar me di cuenta del enfado que tenía por desaparecer de este mundo, por todo lo que me estaba pasando, por lo bien que pretendía llevarlo.

Y es que uno tiene una vida que lo arrastra, que lo lleva, que lo mueve, como una marea que es imposible de controlar.

Y al final uno ya no actúa conscientemente. Ese oleaje vital te transporta en volandas. Y así me sentía. Ese avión no dejaba de ser una metáfora de quien era. Me dirigía a velocidad de vértigo hacia un destino mientras yo, en realidad, permanecía totalmente quieto, a punto de desaparecer.

Miraba a mis compañeros de vuelo. «Compañeros», por llamarles de alguna forma, ya que ninguno se comunicaba con otra persona de la que no hubiera venido acompañado. Nadie rompía esa dinámica a no ser que necesitara el apoyabrazos, ir al lavabo o llegar hasta a su asiento.

En ocasiones ni tan sólo utilizaban las palabras «¿me permites salir?». Se las ahorraban, un ruido gutural era suficiente para indicar su intención. Aunque yo no le daba mucho valor, porque el código de comportamiento con otros seres humanos nace de tus miedos, de tus deseos y de tu moral. Tan sólo nos disfrazamos con ropajes, peinados, olores y miradas.

Sí, miradas; la mayoría son falsas, no son el reflejo del alma ni de los miedos de la persona que los contiene.

Sé que estos pensamientos eran fruto del inicio de mi nueva vida y el final de la antigua. No temía nada, sentía que si lo hacía bien, si seguía esa senda, el Universo me recompensaría.

Una voz dentro de mí me recordaba aquellas palabras de mi primer compañero de habitación:

*¿No estás harto de tener miedo?*
*¿De temer las consecuencias de tus actos?*

Decidí que se había acabado temer, huir de mi destino, jugar con reglas que ni yo mismo me había impuesto.

Miré el mundo desde la altura estratosférica del avión,

pensé lo más alto que el volumen de mis decibelios internos me permitió y chillé:

*NO ME GUSTÁIS*

*NO ME GUSTAN VUESTROS CÓDIGOS*

*NO ME GUSTA LA FORMA COMO EDUCÁIS*

*NO ME GUSTA CÓMO NOS OBLIGÁIS A SER*

*NO ME GUSTA EN LO QUE NOS CONVERTÍS*

Nadie se inmutó dentro del avión. Creo que los pensamientos internos deberían tener altavoces diferentes a la propia garganta.

> *Me pregunto por qué la gente viaja.*
> *Me pregunto por qué van hacia otros sitios.*
> *¿Qué les motiva? ¿Trabajo? ¿Amor? ¿Descanso?*

No hay duda de que si les preguntara, obtendría miedos. Nos movemos por miedo a perder nuestro lugar en el mundo.

¿Cuánto necesitamos realmente para vivir? No cuánto dinero, sino ¿cuánto amor, cuánto sexo o cuántos deseos?

Y fue entonces cuando recordé que aquella noche había tenido un sueño erótico. Diría que hacía meses que no tenía uno tan bueno y es que normalmente eran cuerpos desnudos y trozos de piel. Pero éste era diferente.

Todo se resumía en un giro alrededor de otro cuerpo y un beso extraño.

El beso se produjo justo cuando la enfermera me despertaba. No recordaba nada más. Absolutamente nada más.

Tuve la sensación de que era alguien del pasado o del futuro que venía a advertirme sobre la mecha que iba a encender.

Y es que ahora notaba que si lo hacía bien, podía controlarlo todo. Sentía que había parado la marea, que estaba nuevamente en la superficie y que me había librado del lastre.

Era una sensación falsa porque aún tenía muchas uniones con mis miedos.

Nunca he escrito un poema ni nunca los he comprendido, pero ahora necesitaba hacerlo.

«Veinte minutos para el aterrizaje, tripulación», dijo el comandante.

Siempre me ha parecido curioso ese mensaje en clave hacia su equipo que es escuchado por todos.

Escribí el poema sobre el primer papel que encontré.

*DESPIERTO,*
*NO LO DESEO.*

*SUEÑO,*

*NO LO CONTROLO.*


*AMO,*

*NO A QUIEN YO QUIERO.*


*FOLLO,*

*NO COMO ME GUSTARÍA.*


*PIENSO,*

*EN COSAS SIN VALOR.*


*TRABAJO,*

*Y SÓLO ME DAN DINERO.*


*ENVEJEZCO,*

*A RITMO LOCO.*


*ADORO:*

*A TODO AQUEL QUE NO CONJUGA*

*NINGUNO DE ESTOS VERBOS.*


*DESPIERTO Y NO LO DESEO.*


Acabé el poema y me di cuenta de que ella me miraba. Aquella chica que rondaba la veintena me observaba desde la fila dos con la cabeza vuelta, como si hubiera escuchado aquel pensamiento interno que rimaba. Era imposible, los pensamientos nadie puede absorberlos, notarlos, sentirlos...

Movió los labios, no habló y noté que pronunciaba el final de mi poema:

«Despierto y no lo deseo».

Añadió unas palabras más utilizando aquel sistema de comunicación:

«¿Por qué no lo deseas?».

Sentí un escalofrío, no sabía qué responder.

El avión descendió y sonó una de esas canciones absurdas que ponen para minimizar el miedo de los pasajeros.

Once filas nos separaban.

Diez segundos para tocar tierra.

No sé si lo deseaba.

El avión comenzó a oler a colonia. Los pasajeros, como las visitas hospitalarias, deseaban enmascarar su olor de viaje. Enmascarar quiénes eran, qué poseían, de qué carecían.

Ella seguía observándome.

¿Qué haría cuando aterrizara el avión? ¿Hablaría? ¿Me limitaría a mirarla? ¿Le contaría mi destino?

Un golpe sacudió el avión.

Cuanto más temía, más temblaba el avión. Parecía que era un reflejo de mis miedos, un altavoz de mi incertidumbre.

Y tomamos tierra. Pero cuando volví a mirarla, ella ya no me observaba ni yo podía encontrarla, era como si hubiera desaparecido entre el pasaje.

Sonaron leves aplausos premiando el trabajo del piloto. Parecía que ovacionaban el fracaso de mi imaginación o el éxito de mi deseo frustrado.

Observé aquel poema escrito con mala letra en aquella bolsa para vómitos.

No podía dejar de mirar aquel verso final que resumía todo lo que yo era. ¿Cuándo me permitiría dejar de serlo?

*DESPIERTO Y NO LO DESEO.*

# 4

## LOS DRAGOS MILENARIOS
## SIEMPRE BALANCEAN
## A LOS NIÑOS MALITOS

Desembarqué del avión y me di cuenta de que ninguno de aquellos rostros volvería a serme familiar. Los observé como quien se despide de posibles experiencias perdidas. La busqué a ella, ansioso por que realmente existiera, pero no estaba.

A la salida del aeropuerto, al lado de la carretera, vi mi nombre en un cartel donde también aparecían las palabras GRAND HOTEL.

Lo sujetaba un chaval de unos diez años que estaba al lado de un descapotable amarillo en cuyos asientos traseros había un perro. Aquella imagen era la más absurda que había visto en tiempo, entre lúgubre y fresca.

Al ver que me acercaba a su letrero me abrazó. Olía a playa y a bronceador.

Se sentó en el asiento del conductor. Yo en el del copiloto, el perro me olió, me di cuenta de que le faltaba un trozo de oreja. El niño puso en marcha el coche. Dos calles más tarde, al encarar una especie de autopista, aceleró hasta los 180 kilómetros por hora.

Encendió la radio y sonó *«Tu vuò fà l'americano»* a todo volumen. Sentí que aquella casualidad podía significar algo; la misma canción a mi marcha y a mi llegada. Dediqué sólo dos segundos a buscar el sentido, pero sucumbí, no tenía tiempo para descubrirlo.

El niño siguió acelerando. Iba al ritmo de *«Tu vuò fà»*. Si la música centelleaba, él apretaba el acelerador.

Su bronceado era perfecto. No sabía si era un paciente, el familiar de un médico o alguien de la organización. Los bronceados perfectos pueden ocultar cualquier enfermedad, por mortal que sea.

De repente llegamos a un puerto, el chico aparcó el coche sobre un pequeño trasbordador y vi que nos dirigíamos hacia otra isla. Me sorprendió, pensaba que aquel primer lugar era ya nuestro destino.

Él siguió con la música y el motor encendido durante todo el trayecto, que duró unos catorce minutos, y parecía que fuera a acelerar en cualquier momento.

El nuestro era el único coche en aquel barco.

El hombre que lo pilotaba estaba lejos de nosotros, como temeroso de que le pudiéramos contagiar algo. El niño de vez en cuando le miraba desafiante y el perro le lanzaba cortos ladridos. Su pavor me recordaba al del mensajero del hospital. Era la segunda casualidad, pero no le di mucha importancia. Tan sólo deseaba llegar a mi destino.

Atracamos en esa segunda isla. Era mucho más bella que la anterior, tenía una luz cautivadora. Él volvió a acelerar, su conducción seguía siendo idéntica.

—¿Vamos lejos? —pregunté, pues necesitaba saberlo.

Aquella carretera estaba flanqueada por dunas que parecía que ardían bajo un intenso sol. Detrás de ellas, el mar.

—Lejos, cerca. Qué importa —me respondió el niño.

Reía tras cada frase y su sonrisa era de ardilla. Los dos dientes delanteros medio partidos le daban un aspecto inofensivo.

—¿Te estás muriendo? —Decidí ser directo.

Su conducción pareció frenarse pero en lugar de eso aceleró.

—Sí..., pero con clase, como ves —me replicó.

No añadió nada más hasta que de repente el coche se ahogó y en unos segundos se quedó totalmente parado. Bajamos. El perro se puso muy cerca del niño, le protegía.

El aire caliente mezclado con la arena de las dunas me despertó de repente. Sentí los casi cuarenta grados en mi rostro; aquella bofetada de calor fue como haber llegado al infierno. Sentí que me iba a morir, si no fuera porque ya lo estaba haciendo.

El niño se puso a toquetear el motor del coche, pero no logró nada.

Me senté en cuclillas en plena carretera. No parecía que fuera a aparecer nadie más. El coche había muerto, al igual que nosotros lo haríamos en pocos días.

—El coche ha muerto como... —empezó a decir el niño.

Le corté antes de que terminara la frase.

—Lo sé.

Su ironía y la mía eran semejantes, supongo que lo propiciaba la situación.

—Plan B —dijo el niño.

Silbó fuerte hacia las dunas, sonaba tan estúpido. No saldría un mecánico de allí. Volvió a silbar una segunda vez y después una tercera. De repente aparecieron un par de camellos que se dirigían directamente hacia nosotros.

Supuse que el plan B era subirse en aquellos animales y que nos llevasen hasta nuestra última morada. Sentí miedo, pues nunca había subido a lomos de ningún bicho; ni caballos ni asnos ni nada parecido. Tenía respeto por aquellas moles.

—Son dromedarios —dijo el niño como si hubiera escuchado mis pensamientos.

—Me da igual lo que sean. No creo que pueda subirme —respondí.

Él ignoró mis palabras y se subió como un rayo. No sé cómo lo logró porque parecía demasiado bajo para impulsarse o para escalar. Yo me resistía a montarme en el mío.

—¿Por qué no lo intentas? ¿Qué crees que te pasará? ¿Te morirás? —me dijo entre risas—. Además, es la única solución.

Su humor era odioso, pero tenía razón.

Decidí probarlo. Me subí de un salto, con tan mala suerte que, debido a tanto impulso, caí en el otro lado del dromedario. El bicho emitió una risa, el niño le acompañó al unísono y su perro me pareció que aulló.

—Menos impulso.

—Lo sé.

Lo intenté una segunda vez con más acierto.

Comenzamos a trotar, o como se llamara lo que se hacía sobre los dromedarios. Me sentía inseguro pero hice lo posible para que el animal no lo notara.

Nos dirigimos hacia el interior de las dunas. El perro nos seguía. Me sentía cansado. Demasiados medios de transporte para llegar a mi último destino: avión, coche, barco y, finalmente, dromedario.

Las dunas serpenteaban y el cuerpo del animal se me clavaba en mis partes bajas.

A los pocos minutos divisé una edificación: supuse que era el Grand Hotel.

Miraba aquello sabiendo que no saldría de allí. No sentí miedo, ni angustia, tan sólo un extraño vacío.

De repente, el niño comenzó a utilizar la joroba del dromedario como si fuera una batería y empezó a cantar «*Perfect Day*» de Lou Reed pero con un ritmo más pachanguero.

*Just a perfect day;*
*you make me forget myself.*

No lo hacía mal: entonaba bastante. No deseaba seguirle, y mucho menos acompañarle utilizando a aquel animal como instrumento de percusión. Pero la música siempre ha podido conmigo y, además, aquel chaval con sonrisa de ardilla tenía algo que hacía que se rompiese mi espíritu.

—¡¿A qué esperas?! ¡El tuyo también desea sonar! —dijo señalando a mi dromedario.

Dudé unos segundos, pero estaba tan cansado que finalmente decidí que ya era hora de dejarme llevar. Y comencé a «tocar» musicalmente a aquel bicho y la verdad es que sonaba genial.

Y fue como si el trote, el viento y el mundo entero sonaran al ritmo de aquella canción.

Me sentía victorioso, inmortal.

Cantar «Perfect Day» en aquel día tan loco y equivocado era casi sanador. Siempre he pensado que esa canción es demasiado triste pero la manera en que la estábamos destrozando la había dotado de una felicidad enigmática.

Con los últimos acordes llegamos justo delante de nuestro destino: un gigantesco faro con pequeñas edificaciones alrededor de él. El blanco de los edificios contrastaba con el negro de la tierra que lo rodeaba.

Me quedé ensimismado mirando aquel lugar. El niño

bajó del dromedario tan rápido como había subido en él.

El tono de su voz cambió de repente, como si se convirtiera en otro personaje o fuese protagonista de otra función.

—¡Bienvenido! Soy el encargado de ponerte al día de todo. No hay mucho que ver pero me encantará enseñártelo. ¿Te ha gustado el paseo?

De repente se puso a reír, justo en el mismo instante en que el descapotable amarillo llegaba a los pies del faro. Lo conducía una chica que rondaba los diecisiete.

Me di cuenta de que todo aquel paseo en aquellos bichos era una especie de novatada. Mi rostro debió de virar hacia el enfado porque él dejó de reír.

—No te cabrees. Siempre es mejor llegar de manera diferente para que todo sea más épico. Te enseñaré dónde vivirás; sígueme.

El niño corrió hacia el faro. El perro le siguió. Saludé a la chica, pero ella no me respondió, sino que me lanzó una mirada de odio.

—Es más nocturna que diurna —comentó el niño.

Entramos en el faro. Había una enorme escalera de caracol de madera desde las que podías divisar varias plantas. Subimos a la primera, donde había tan sólo un camastro.

—Esto va por orden de llegada: así que tú duermes en la parte más baja; encima de ti estamos yo, la chica cabreada y dos más que conocerás más tarde —dijo finalizando todo su discurso—. Voy a tomar el sol, nos vemos luego. Cualquier cosa...

—¿Los médicos? —pregunté.

—No hay —dijo riendo.

Salió. Le seguí, no le dejé marchar, pues necesitaba más datos.

—Y los demás ¿dónde viven?

—No hay demás; en total somos diez en esta isla. Esto es exclusivo y único. La lástima es que para poder estar aquí has de estar muriéndote. *What a pity!* —añadió con un acento inglés bastante divertido.

—Pero sólo me has hablado de cuatro... —repliqué.

—Perdimos a unos cuantos y tenemos a otro aún recuperándose. —Hizo una pausa, parecía que se iba a extender sobre esto, pero no lo hizo—. Nos vemos esta noche a la hora de cenar.

Se marchó. El perro me miró unos instantes, pero enseguida le siguió. Yo no sabía qué hacer. Miraba aquel maravilloso lugar y me entraban ganas de visitarlo, pero sólo podía pensar en dormir.

Vi que la chica misteriosa estaba sentada en la arena justo delante de una pequeña cala al lado del faro. Su mirada de odio me intrigaba. Me acerqué.

Me di cuenta de que llevaba tapado uno de los ojos con un esparadrapo donde había impresos unos aviones dando vueltas en círculos. Supuse que tenía un ojo vago. Las gafas azules que llevaba ocultaban aquella extraña tirita.

Vi que delante de ella había un pequeño tablero de ajedrez con una partida empezada. No dejaba de observarlo.

No parecía enferma; me pregunté qué debía tener. Ésa siempre era la duda cuando sabías que alguien se moría, jamás lo parecía. Yo tampoco tenía pinta de moribundo y mucha gente me lo había dicho. Nunca sabía si me lo decían como halago o como recriminación.

Ella se dio cuenta de mi presencia. Se giró y me gritó:

—¡No quiero nada contigo! Que te quede bien claro. Da igual que nos muramos. No seré la chica que rompa tu virginidad ni ninguna mierda parecida. No me caes ni me caerás bien. No me pidas compasión, no te la daré. Busca a Niño para esas cosas: siempre tendrá una frase de ánimo para ti y una carcajada. Debería haber un cartel que pusiera: NO NOS TRAIGAS TU MIERDA, YA TENEMOS SUFICIENTE CON LA NUESTRA. ¿Entendido?

Se fue por la orilla con su tablero. No dije nada; decidí que necesitaba dormir. Pero antes de volver al faro observé que en la parte de detrás había un enorme árbol del que colgaba un balancín que estaba totalmente integrado en él, daba la impresión de estar hecho con las propias ramas. En el columpio parecía que había alguien que se balanceaba.

Fui hacia allí, tenía curiosidad. Mientras me acercaba, me di cuenta de que sobre el columpio había un chico de unos catorce años. Se balanceaba pero yo no entendía cómo podía aguantarse porque no tenía extremidades: sus brazos y piernas no existían. Me quedé helado. No supe qué decir. Él rió.

—¡Tétrico!, ¿eh? No pasa nada. Es menos jodido de lo que parece.

Se bajó del columpio de un salto. Me miró, no supe

cómo debía saludarle. Me acerqué para darle un beso y él me lamió la mejilla.

—Toca el muñón de mi brazo izquierdo, con eso vale —dijo riendo—. Es fácil. Sólo has de recordar que cada parte representa todo lo que lo contiene.

Lo hice. Aquel muñón era suave, me sorprendió.

—¿Cuánto te han dado?

No esperaba aquella cuestión tan directa. Me costó responder, era la primera vez que me lo preguntaban.

—Tres días.

—No está mal; quién los pillara.

No supe si aquello era ironía o realmente a él le quedaba menos.

—¿Qué te parece el lugar? ¿Te gusta?

—Me imaginaba algo más...

—¿Hospitalario? —dijo interrumpiéndome— Ya. No

es muy convencional, pero se agradece. Estamos casi muertos y este lugar te hace sentir vivo.

No dije más. Aquel tronco humano tampoco añadió nada y decidió marcharse.

—¿Qué le pasa a la chica cabreada? —indagué.

Pensé que no me había oído pero de repente aquel Tronco se dio la vuelta y me miró como si esperara la pregunta.

—Para que llegue alguien nuevo es porque perdemos a alguien viejo. —Hizo una pausa—. Su novio nos dejó ayer, y ellos habían vivido una historia increíble de amor y sexo que ni te puedes imaginar.

»Además, compartían la afición de jugar al ajedrez. Esa partida que lleva consigo es la que jamás acabaron. Imagínate.

Hizo otra pausa y me lo aclaró más.

—Tú eres el cabrón que ha ocupado su lugar. Así que, como puedes imaginar, te odiará hasta que se muera. Lo bueno es que no os queda mucho a ninguno de los dos, no será una ira eterna.

»Yo también fui odiado por uno de esos enamorados que perdió a su amor y eso que, como te puedes imaginar, me caí diez veces del dromedario.

No dije nada.

—¿Te gusta pescar? ¿Vienes?

Dije que no con la cabeza.

—¿No a pescar? ¿No a venir?

No contesté.

—Si quieres, puedes balancearte en mi Drago. Tiene casi mil años, creo que es consciente de nuestra corta existencia y nos cuida porque le damos un poco de pena. Notarás un placer extraño al balancearte, para él somos un suspiro. Disfrútalo.

Tronco marchó. Miré aquel imponente Drago; no creía todo lo que me había contado Tronco, pero el pulmón me dolía. Si hubiera estado en el hospital, hubiera llamado al médico. Aquí, sin medicamentos, decidí que tan sólo me restaba balancearme en aquel árbol.

Y no sé si fue el cansancio, el poder del Drago o la extraña mezcla entre amabilidad y hostilidad de los huéspedes de aquel hotel, pero en pocos segundos me quedé plácidamente dormido.

5

SE HA DE
LATIR FUERTE
PARA QUE
EL MUNDO SEPA
QUE EXISTES

Desperté e increíblemente todavía me mecía sobre aquel Drago, no me había caído. Era de noche y tenía hambre. No sé ni cuántas horas había dormido.

Entré en el faro, pero no encontré a nadie, ni rastro de la chica, ni de Niño, ni de Tronco. La escalera de caracol me impresionaba y no sé por qué no pude subir más arriba de mi planta.

De repente, escuché un ruido fuera y aquello fue suficiente para salir. En el suelo, junto a la puerta, descubrí un papel debajo de una enorme piedra. Supuse que alguien la acababa de poner, pues era extraño que no la hubiera visto al entrar en el faro, aunque con el jet lag que arrastraba todo era posible.

La nota decía:

Ve tan al norte como puedas; allí te esperamos. ¿Dónde está el norte? La piedra te lo marca. Se te enfría la cena, no tardes.

Bajé la vista y, realmente, la forma de la piedra me indicaba una dirección clara.

No sabía si aquello era otra novatada, pero el hambre me hizo partir en aquella dirección.

Caminé unos buenos quince minutos y, cuando ya estaba a punto de darme por vencido, los vi.

Estaban en una pequeña cala rodeada de una montaña en la parte más baja de la costa.

Niño estaba a punto de lanzarse al agua desde un trampolín, el perro le observaba justo desde abajo. Se notaba que no dejaba de protegerle. Me gustó esa imagen, rozó algo dentro de mí.

Aquel lugar era realmente hermoso. Olía a brasa y había distribuidas unas luces de verbena por todo su contorno.

Bajé por la colina. Justo detrás de la cala se levantaba una montaña inmensa. El lugar era extraño y en él convivían extraños binomios de la naturaleza, supongo que al igual que los humanos que la habitábamos.

Niño vino a recibirme corriendo. La chica enfadada estaba cerca del mar. Tronco y alguien a quien no conocía estaban preparando la comida en unas peculiares barbacoas.

Sentí que aquella fiesta me abrumaba, no me imaginaba que mi llegada les daría tanto trabajo. Me sentí halagado: nadie me había preparado jamás una bienvenida de esas características.

La gigantesca mesa principal estaba perfectamente decorada y justo en medio había un increíble centro con pétalos de flores.

Niño llegó corriendo hasta mí antes de que pudiera bajar toda la colina.

—Aquí comemos y cenamos. Nunca hay tanta parafernalia, pero hoy estamos de celebración. ¿Tienes hambre?

—Un poco.

—Genial. Venga, te presentaré a los que no conoces.

Niño desprendía felicidad. Pero dudaba si le caía bien porque era su obligación o porque realmente habíamos empatizado.

Fuimos directamente a las barbacoas, donde había un montón de carne cogiendo color. Era curioso ver a Tronco girar las parrillas con sus pequeños muñones. Lo hacía con una precisión fascinante.

De repente vi que no había fogones, que todo aquel calor provenía de la propia tierra y fue entonces cuando me di cuenta de que aquella extraña montaña en realidad era un pequeño volcán inactivo pero suficientemente en forma para poder asar toda aquella carne.

—Impresionante, ¿verdad? —dijo Niño, nuevamente adelantándose.

No supe qué decir, la belleza de aquel lugar me abrumaba. Me presentó a la chica que no conocía: era una mujer que nos triplicaba la edad. Me quedé sorprendido, pensaba que aquel lugar era tan sólo para gente joven.

Creo que ella detectó en mi rostro la sorpresa.

—Sólo tengo once años, guapo. —Su voz sonaba infantil—. Mi cuerpo lo olvidó y ha triplicado mi edad.

Tenía luz. No supe qué decir; creo que hasta me sonrojé. Tronco y Niño rieron.

—Tiene catorce años, pero se quita años para hacerlo todo más melodramático —matizó Tronco.

Ella le empujó con la pierna y lo tiró al suelo.

—Largo de mi cocina, guapo, ahora ya tengo otro ayudante.

Tronco ladró desde el suelo y ella rió. Tenían un extraño rollo de amor-odio. Niño se fue con Tronco, gateando y ladrando mientras se alejaban. El perro se unió a ellos.

Me di cuenta de que aquella chica hacía lo mismo que aquel enfermero que nos llevaba de un lugar a otro en el hospital. Siempre nos llamaba «guapo» a todos y realmente te hacía sentir que lo eras. A veces todo es mucho más simple pero preferimos complicarlo.

Me quedé sin saber si debía ayudar, como había visto hacer a Tronco, o sólo observar. El olor de la carne era realmente increíble o quizá mi apetito lo acentuaba.

—Les encanta hacer teatro, pero te acostumbrarás —dijo, tendiéndome un bol y un pincel para que barnizara las carnes con salsa—. Vigila, guapo, no pongas la mano justo en el centro del agujero o te quedarás sin ella. El volcán nos respeta siempre y cuando seamos cuidadosos.

Todos hablaban de aquella naturaleza como si realmente conociera nuestro secreto. Fui pintando las carnes como si llevara toda la vida haciéndolo, aunque era la primera vez.

—Yo llegué tan sólo hace dos días; está bien este lugar. Hay un par de normas que has de seguir, pero el resto del día puedes ir a la tuya.

—¿Normas? —Me sorprendió que aquel lugar caótico tuviera alguna regla.

—Sí, como lo de hoy.

—¿Mi bienvenida?

Rió y explicó mi comentario a los demás.

—¡Cree que celebramos su bienvenida!

Todos rieron, incluso la chica enfadada. No entendí por qué lo hizo, no fue agradable, pero quizá realmente era tan sólo una niña.

Me miró como quien sabe algo que debe compartir. Bajó la voz, casi me lo susurró.

—No celebramos tu bienvenida, sino la despedida del último.

De repente se acercó a mí y noté cómo miraba mi corazón. Era extraño.

—Te late muy fuerte —dijo—. Al crecer tan rápido, los escucho latir. Creo que es el problema del mundo, sonamos muy bajo y algunos piensan que ni existimos. Tú lates bien, guapo.

No me dijo nada más. Noté que el calor del volcán

aumentaba y disminuía, como una respiración, o quizá eran sus latidos.

Cuando las carnes estuvieron en su punto, nos sentamos en aquella enorme mesa.

Nadie habló, tan sólo devoramos la comida. Sabía diferente a la típica carne asada, era como si fuera más deliciosa, cocinada intensamente.

Todos comían con los dedos y yo me uní a ellos. Allí donde fueres...

Cuando terminamos de devorar la carne, todos nos dirigimos hacia unos enormes agujeros que había cerca del volcán desde los que salían pequeños géiseres de gas y fuego. Daban un calor extraño que te acogía y su altura variaba según la respiración de aquel volcán.

Nos sentamos en círculo alrededor del agujero más grande, que parecía inactivo.

La chica enfadada trajo el centro de pétalos y fue cuando me di cuenta de que lo importante era lo que había debajo de ellos.

Y es que debajo de los pétalos había cenizas. Cada uno de ellos cogió un puñado. Yo me quedé quieto.

La respiración del resto de los géiseres alcanzó su altitud máxima en ese momento.

—¿Quién quiere empezar? —dijo la chica joven que parecía mayor.

Niño levantó el puño y se hizo un silencio. Buscó las palabras cuidadosamente.

—Me quedo... con tu alegría.

Tronco se unió levantando ambos muñones, que estaban entrecruzados sosteniendo las cenizas que podía.

—Me quedo... con tu verdad, adoraba tu verdad.

La chica joven que parecía mayor fue la siguiente, se lo pensó mucho. Comenzó muchas veces a hablar pero después se arrepentía.

—Guapo, me quedo con tu valentía en el último momento.

La chica cabreada fue la última en repartirse la vida de aquel chico al que yo no había conocido. Sonrió por primera vez y dijo:

*Me quedo con tu amor,*

*tu energía,*

*tu ilusión,*

*y tu forma de desearme.*

Seguidamente tiraron las cenizas a aquel enorme agujero. La chica joven que parecía mayor añadió pinturas de diferentes colores que tenían alrededor en unos botes. Puso mucho rojo y amarillo. Niño añadió un poco de naranja y Tronco algo de azul, muy poco.

Esperamos unos segundos y, al cabo de casi treinta, explotó el géiser. Las cenizas y parte de la vida de aquel chico iluminaron el cielo como si fuera un gran castillo de fuegos artificiales. La imagen era impresionante.

Aquellas cenizas, aquel cohete de colores poco a poco descendió e impregnó parte de las paredes de aquel volcán, uniéndose a la naturaleza. La chica cabreada lloró mucho.

Cuando el extraño espectáculo acabó, todos me miraron y casi al unísono me dijeron:

—Bienvenido.

Fue como si comenzara a existir a partir de aquel instante, como si la marcha del otro me diera presencia.

# 6

SÓLO ES FELIZ
EL QUE ES LIBRE.


SÓLO ES LIBRE
EL QUE ES LO QUE DEBE SER

No supe qué responder a su bienvenida. Volvieron a sentarse todos, esta vez cerca del mar, en unas pequeñas rocas de diferentes alturas. Cada uno tenía la suya asignada y yo escogí la mía. Formábamos parte de aquel paisaje.

Decidí presentarme.

—Gracias por el recibimiento. Me llamo...

Niño me interrumpió.

—Tenemos pocas normas. Una de ellas es que los nombres pertenecen a la otra vida, la que no nos desea.

»Es por ello que, a no ser que tú, como líder de tu grupo, decidas otra cosa, yo te aconsejaría no decirnos tu nombre hasta que tomes una decisión sobre este tema.

No le comprendía. Era como si no perteneciese del todo a su grupo, como si fuera el líder de otra gente, no entendía de qué otras personas me hablaba. Allí no había nadie más.

La chica joven que parecía mayor intervino para echarme un cable.

—Cada grupo lo forman diez personas; yo fui la última de nuestra generación. Tú has llegado para ver cómo nosotros desaparecemos. Y cuando el último de los nuestros marche, irán llegando, poco a poco, tus nueve. Tú marcarás sus normas, las formas de despediros, de comunicaros... ¿Lo entiendes? Nuestro líder eligió nombre de pintores. Nos dejó un libro con miles de cuadros y escogíamos el pintor que más se asemejaba a quien éramos. Yo me llamo...

Reí, pero sólo reí yo. Aquello iba en serio.

—¿Y no puedo formar parte de vuestra generación?
—No sé por qué dije eso—. Quiero decir, habéis perdido a uno... Lo que decís no tiene mucho sentido.

La chica enfadada saltó.

—Hemos perdido ya a cinco. ¿No nos escuchas? Y seguramente perderemos pronto a nuestro líder, que aún está luchando.

»Además, no se habla de los que se han ido. Los que se van ya no están aquí.

»Nosotros no empezamos esto. Si quieres respuestas, sube a esa montaña y allí verás la cantidad de generaciones que ha habido. Están las lápidas de los que decidieron no ser incinerados.

»Esto lleva años, pero lo que no cambia es que los que se van se han ido libres, no necesitan que les retengamos hablando de ellos.

La chica enfadada se marchó. El resto se quedó en silencio. Niño lo rompió.

—Hoy es difícil para ella; mañana será diferente. Es más diurna que nocturna —dijo, contradiciéndose.

Les miré, nadie me había hablado de todo aquello, ni tan siquiera de que sería líder de algo.
Venía a morir, era sencillo.

—No sé si encajo. —Decidí ser honesto.

Tronco rió.

—Te mueres, por lo tanto, encajas. Además, ninguna generación supera los cinco o seis días. Esto es rápido, no serás líder durante mucho tiempo. Si realmente quieres respuestas, ve más allá de las lápidas, justo en la cabecera del volcán. Allí está el que creó esto, te ayudará a decidirte. Todos, tarde o temprano, hemos acabado subiendo hasta allí.

Miré aquel volcán, era bastante alto. No sé si podría o deseaba escalarlo.

—Creía que el Grand Hotel era otra cosa. Me había hecho otra idea.

Todos rieron. No lo comprendí. La chica joven que parecía mayor volvió a ayudarme.

—Esto no es el Grand Hotel. Es aquello...

Señaló algo en medio del mar. Tronco continuó:

—Estamos aquí antes de ir allí. —Volvió a señalar en la misma dirección—. Aquella isla que ahora no se ve es el

Grand Hotel, allí te llevan cuando ya no hay nada más que hacer.

Niño fue el último en unirse a la explicación.

—Esto de aquí es vida... Allí se acaba todo.

Miré aquella negrura: no se veía absolutamente nada. Todos sabían lo que haría. Niño lo concretó con palabras.

—Imagino que querrás verlo con tus propios ojos cuando llegue el alba. Todos lo hicimos. Tan sólo es el Grand Hotel. Que descanses. Me llamo Kandinsky y él Van Gogh —dijo señalando a su perro desorejado.

Todos comenzaron a irse. Tronco me dio una colleja cariñosa con uno de sus muñones antes de marcharse.

—Yo soy Picasso. Es sólo una isla, no te imagines nada más.

La chica que parecía mayor me dio un beso fraternal con el que me recordó a la criatura que llevaba dentro.

—Gauguin. «Sólo es feliz el que es libre, pero sólo es

libre el que es lo que puede ser, es decir, lo que debe ser. Para vivir, ¿hay que perder las razones que nos hacen vivir?». Eso dijo él y ésa soy yo. Y la que se ha ido es Dalí. Complicada y surrealista pero única y genial. Buenas noches, guapo.

Y allí me quedé, mirando aquella negrura, esperando que amaneciera: necesitaba ver el Grand Hotel.

# 7

## LAS DUDAS NO RESUELTAS
## SON
## LOS MIEDOS
## NO ACEPTADOS

Y allí esperé hasta que el alba iluminó aquella isla que estaba justo enfrente de la nuestra. Era increíble porque era una isla muy pequeña: se divisaba todo el contorno desde la nuestra, como si estuviera tan sólo dibujada.

Sólo se veía una construcción circular justo en medio de la isla. El resto estaba totalmente desolado, pero lleno de una energía difícil de explicar. No había duda de que aquello era el Grand Hotel.

Noté una leve respiración detrás de mí: era Tronco. Había llegado sin hacer ruido. Me observaba con respeto, como quien sabe qué significa lo que está viendo. Había pensado que era el menos empático de todos, pero a veces el que menos lo aparenta es quien lo es más.

Miré aquel volcán que tenía a mis espaldas y decidí subir: necesitaba respuestas. Deseaba hablar con quien estuviera allí.

Me encaminé hacia allí y Tronco me siguió. Creí que

no podría escalar pero su habilidad con los muñones era increíble.

Mantenía las distancias, supongo que olía mi enfado.

Cuando llevábamos una hora escalando, llegamos a las lápidas de las que me habían hablado.

Había cientos y todas estaban agrupadas en decenas. Algunas tenían pinta de llevar allí muchos años. Era como ver períodos o siglos de muerte: generaciones de chicos y chicas que habían llegado a esta isla para dejar el mundo. Sentía extrañeza ante esas tumbas.

Era como ver conexiones de desconocidos en un pequeño instante de su historia. No sabía cómo digerirlo.

Tronco miraba todo como quien asiste a hechos ya conocidos. Se sentó sobre una lápida. Era una imagen extraña, casi surrealista. Murmuró algo que ya le había escuchado.

—Aquí la vida es corta: todo pasa en cinco días. Una generación nace, otra se pierde. Padre te espera arriba. Vamos —añadió.

—¿Padre? —No quise saber por qué le habían puesto ese nombre, prefería preguntárselo a él directamente—. ¿Alguien ha decidido no seguir aquí? ¿Alguien ha decidido volver? —le consulté.

—¿Volver adónde?

—Volver a la vida.

—¿Al esclavismo?

No seguí preguntando por el esclavismo, no deseaba que nadie filosofase sobre el tema.

—¿Cuánto llevas aquí? —le pregunté. Me había quedado la duda desde que estuvimos en el Drago.

—Cuatro días. Se suponía que, como máximo, me quedaba uno; soy un tipo suertudo —respondió sin inmutarse.

No dije nada. Esperaba que llevase más tiempo.

—No pasa nada —continuó—. Hace tres días habría sufrido y no me hubieran salido las palabras. Ahora siento que he vivido más en estos cuatro días que en catorce años.

Me senté bajo la sombra de una gigantesca lápida. El sol comenzaba a calentar todo aquel lugar, o quizá era la propia tierra de ese volcán inactivo.

—¿Tus padres? —indagué.

—Murieron cuando tenía cinco años. ¿Los tuyos?

Decidí mentirle.

—Hace diez, en un accidente de tráfico.

—Todos los que estamos aquí tenemos la muerte esparcida.

Nos quedamos en silencio. Yo tan sólo le daba conversación para intentar recobrar el aliento. Vi que la lápida que me cobijaba tenía un nombre de filósofo, al igual que las ocho que la rodeaban. Supuse que la que estaba en el centro era la del líder: en este caso se llamaba Platón.

—¿Cómo se llamaba vuestro líder? Debe de tener el nombre de pintor más famoso, ¿no?

—No... No es así... Se llama Matisse. Y nuestro líder aún está vivo.

—¿Matisse? ¿Por qué?

—Decía que Matisse dijo una vez que tenías que ser siempre un niño y un adulto. Un niño que imagina y un adulto que saca las fuerzas para sacar esos sueños adelante. Así es él: un niño y un adulto. Un gran líder.

—¿Cómo es que no ha muerto si se fue hace tiempo?

—Los líderes siempre aguantan hasta el final.

Supe que aquella afirmación iba dirigida a mí. Decidí continuar. Casi tardamos dos horas más en llegar hasta la cima de aquel volcán. Arriba del todo había una choza integrada. Era como si hubiesen aprovechado la propia forma de la montaña para crear una especie de pequeña cueva. Era una hendidura increíblemente bella. Sentí que quien había construido aquello amaba enormemente aquel lugar.

Me dirigí hacia allí. Tronco no me acompañó.

—Es tu momento —dijo casi en un tono inaudible—. Intenta poner buena cara para quedar bien.

No le entendí, pero decidí no indagar sobre ello.

Al lado de aquella cueva había un hombre que tendría casi noventa años. Llevaba un sombrero Borsalino; mi primer compañero de habitación tenía uno igual. Delante de él tenía un bloque de lava solidificada con una forma enorme y extraña. Me miró al llegar durante dos segundos escasos y, de repente, se puso a esculpir lentamente aquella lava.

Parecía que me esculpía a mí. Supuse que a eso se refería Tronco con lo de que sonriese.

—¿Tienes nombre? —me preguntó.

Negué con la cabeza.

—¿Abrumado?

Asentí.

—Han perdido a muchos y la marcha de su líder al Grand Hotel fue un duro golpe. —Se quedó en silencio, dejó hasta de esculpir—. Quizá ahora debes convertirte en su líder también.

—No quiero ser líder de nadie, sino saber qué posibilidades tengo. ¿Usted es nuestro médico?

Sonrió.

—No, no soy vuestro médico. Aquí no hay ninguno. Un médico es quien te cura, te salva, te da más tiempo. Aquí sólo te aliviarán, te darán un final plácido.

—No sé si quiero estar aquí.

—¿Prefieres morir en un hospital? Aquí tienes libertad.

Se produjo un nuevo silencio, roto por el sonido de la creación de la escultura casi giacomettiana que creaba.

—¿Por qué montó esto?

—¿Por qué crees tú que lo hice? Pareces listo.

—¿Se le murió alguien?

Asintió.

—Sí, se me murió alguien. ¿Quién crees?

—¿Un hijo?

Nuevamente asintió.

—¿Lo ves?, eres inteligente, te adaptarás rápido cuando olvides el amarre.

—¿Qué amarre?

—Pensar que hay salvación, que hay remedio, que te puedes salvar.

—Puede que la haya.

—Es justo que lo pienses, pero no te aporta luz.

—Ellos me odian —me sinceré.

—Han perdido su luz y tú les recuerdas su oscuridad.

—¿Por qué mezcla dos generaciones? No tiene sentido.

—¿Tú crees que no lo tiene?

—No —afirmé seguro.

Miré la estatua, tenía cierto parecido conmigo. Era como un esquema de mi cuerpo. Parecía que intentaba recrear mi interior, pero no estaba seguro.

—¿Nos toma fotos?

—No, intento captar vuestras dudas. Sólo hoy las puedo ver...

—Nuestros miedos, querrá decir.

—No, ahora son dudas; si no se controlan, se convierten en miedos. Las dudas no resueltas son los miedos no aceptados. ¿Tienes dudas?

Pensé; tenía tantas... Fui a la más obvia.

—¿Y qué se hace aquí hasta ir al Grand Hotel?

—Todo lo que quieras y, sobre todo, prepararte para ser el líder de los nueve que llegarán.

—¿Por qué hace falta un líder? Todos tienen voz.

—No, te equivocas. Ellos son una sinfonía, pero tú serás el tono que marcará cómo sonarán ellos.

—¿Y por qué yo?

Tardó en contestarme y, cuando lo hizo, no le comprendí.

—Busca menos y déjate encontrar más.

Acabó la estatua. Era bella, ligera, era parte de mi alma, diría.

La cogió y la subió hasta la boca del volcán. Allí, rodeando la entrada, había casi un centenar de aquellas estatuas que contenían dudas y temores. Todas en movimientos extraños, en acción o simplemente dudando o creando miedos. Me situó muy a la izquierda y allí fue dando leves golpecitos, como intentando arreglar imperfecciones en el último momento.

Aquellas esculturas parecían habitantes silenciosos que impedían que aquel volcán despertase.

Miró hacia el cielo como intentando escuchar algo.

—Decía Pitágoras que había una música cósmica producida por los planetas al girar. Pero que desde la Tierra no la podemos escuchar porque hemos nacido y crecido acostumbrados a esa armonía.

»El sonido necesita del silencio para ser sentido. Pero igualmente cada tono de nuestra escala musical nace del movimiento de cada una las esferas que nos rodea.

»A veces, cuando todo está en calma en este volcán, me da la sensación de oír un acorde producido por un par de planetas al girar al unísono.

Ya no me dijo nada más, sólo siguió esculpiendo. Decidí irme, ya volvería si lo necesitaba, no parecía que fuera a obtener nada más de aquel hombre.

Antes de que me fuera, Padre me tendió el Borsalino; creo que sabía que lo deseaba. Lo cogí.

—Ya me lo devolverás —susurró sin dejar de esculpir.

Me marché con el sombrero, aunque no me lo llegué a poner. Tronco me miró mientras descendía, creo que lo había escuchado todo.

—¿Has quedado guapo?

No le contesté. Descendí la montaña todo lo rápido que pude; quería librarme de Tronco pero él me seguía a toda velocidad. Creo que tardamos la mitad de tiempo que en subirla.

Cuando llegamos a la cala, Niño y perro nos esperaban. Tenían cara de preocupados.

—Hemos perdido a las chicas. Se las han llevado hace una hora.

Tronco no dijo nada, tan sólo se fue directo al agua y se zambulló. Niño me miró.

—Puedes dormir ahora en la tercera planta del faro.

Su marcha era mi ascenso. Ni siquiera contesté. Estaba agotado y exhausto.

Fui al faro, subí aquella escalera de caracol hasta la tercera planta y me eché sobre un camastro que seguramente había pertenecido a alguna de las dos chicas.

Vi el tablero de ajedrez y me di cuenta de que aquella habitación era la de la chica cabreada. La partida era casi imposible de salvar para las blancas, un jaque difícil de evitar que se convirtiera en mate.

Quizá era ella la que debía salirse de aquel entuerto o tal vez su amado. Era extraño ver aquella partida incompleta que nunca más se jugaría.

Decidí descansar. Se estaba convirtiendo en una extraña costumbre dormir a pleno día.

Sentí que las dudas se habían convertido en miedos.

# 8

## EL MUNDO
## ES
## EL PATIO MÁS GRANDE
## QUE EXISTE

Cuando desperté volvía a ser de noche. Tardé en darme cuenta de dónde estaba; suele ocurrir cuando duermes en sitios diferentes demasiados días. Tardé en salir de la cama. Aquella habitación no me pertenecía, tenía la sensación de estar invadiendo la privacidad de la chica cabreada.

No fisgué nada, jamás lo hacía y eso que había convivido con decenas de personas en el hospital. Me arrepentí de haber subido a aquella tercera planta, de haber seguido sus reglas.

No había nadie en el faro ni fuera tampoco.

Imaginé que estarían en aquella cala que cenaban. Esperé que no hubiera centros con pétalos, sería una buena señal.

Tardé en llegar, me tomé con calma el paseo, disfruté del paisaje y del lugar. Me sentía un poco diferente, no sé si era por aquel aire que no dejaba de soplar. Algunos vientos moldean las personalidades.

Cuando llegué, vi desde lejos dos centros en la mesa. Sentía que estaba viviendo los últimos coletazos de una generación.

Aquella noche había menos comida; ya conocía el ritual. La asamos con la ayuda del volcán y cenamos con los dedos.

Ellos hablaron de las dos chicas de manera muy intensa, de lo que habían significado su vida, su lucha y su valentía. Yo no dije nada, no deseaba participar.

Después de ver cómo ellas alumbraban el cielo de forma intensa, nos sentamos en la playa. Ellos continuaron hablando de la muerte y de cómo afrontarla.

Comencé a notar pinchazos en mi pulmón. No sabía si era mi enfermedad que reclamaba atención o una especie de añoranza o jet lag de las típicas conversaciones triviales a las que estaba acostumbrado. Allí todo era demasiado intenso y lleno de sentido.

Sería interesante tener el síndrome de abstinencia de la absurdidad del vacío.

Decidí hablar.

—Yo no quiero morir —me sinceré.

—Tampoco ninguno de nosotros —respondió Tronco.

Niño se acercó a mí y me abrazó. Me llegó su contacto físico, sentí que lo necesitaba, no había recibido abrazos desde que había sabido la noticia. Aquella caricia la sentí cálida. Él también se emocionó y tardó en hablar. Perro se alejó como sabiendo qué diría.

—Esta noche moriré yo —dijo—. Lo siento dentro de mí. Y no tengo miedo, porque con diez años he vivido cosas muy intensas. Los seis días que he pasado aquí han sido toda una vida.

»Quizá jamás seré el adulto en que podía haberme convertido, pero creo que los adultos jamás mantienen el niño que fueron. Tal vez uno de cada millón lo conserva, pero los otros novecientos noventa y nueve mil noventa y nueve lo entierran junto a sus miedos. Y deberían recordar que no se conocen ni a ellos ni a sus miedos, así que deberían dejar de actuar como si los conociesen.

»¿Sabes cómo se sobrevive aquí? —añadió.

—No. —Sabía que debía contestar eso.

Tronco no dijo nada.

—Encontrando algo que siempre has querido hacer y realizarlo. Tienes dos, tres o cuatro días para perfeccionarlo. Y sentirás cuánto lo necesitabas y cómo da sentido a tu vida.

Supe qué debía preguntar.

—Vosotros ¿qué encontrasteis?

Tronco no me respondió; simplemente comenzó a caminar. Le seguimos hasta el Drago.

Se subió al Drago y fue cuando descubrí que allí no sólo se balanceaba. Había construido una pequeña batería con trozos de aquella naturaleza.

Y se puso a tocarla, sonaba increíblemente bien. Distinguí rápidamente que interpretaba *«Il mondo»*.

*Gira, il mondo gira,*
*nello spazio senza fine...*

Sus muñones se movían y giraban rápidamente en ese Drago sin fin y golpeaban zonas específicas creando una banda sonora absolutamente brutal.

Fue lo más increíble que había visto en mi vida.

Aplaudimos a rabiar. Miré a Niño: deseaba saber lo que él había encontrado.

A Niño le costaba decirlo.

—Si quieres, te explico lo que eligieron las chicas. Una escuchaba corazones; raro, ¿verdad? Le fascinaban los latidos.

—Me lo contó —respondí—. ¿Y tú?

—La chica cabreada compartía con su novio la pasión por el ajedrez. Ellos siempre decían que el amor era como el ajedrez. Que hay gente que ama con movimientos rápidos, como los alfiles o las torres. Otros quieren de forma extraña, como los caballos. Y finalmente hay otros que son como peones, que no saben amar, sólo saben dar un paso corto, pero esos pueden llegar al final del tablero y conseguir encontrar otra forma de querer.

—Como les pasó a ellos al llegar aquí —añadió Torso desde el Drago.

Se hizo otro silencio. Hablar de los que se fueron creaba una atmósfera única.

Decidí insistir. Deseaba saber qué había encontrado Niño.

—¿Y tú?

Niño tardó en contestar.

—Crear juegos —dijo medio sonrojado.

—No, no, explícaselo bien —dijo Torso riendo.

—Siempre he creído que el mundo sólo está hecho para jugar —matizó Niño—. El mundo es el mayor patio que existe. Si piensas que es una clase, es cuando te han vencido. Sólo hay que jugar, por eso creo juegos de muerte.

Rieron nuevamente. No entendía de qué hablaban, pero era la primera vez que les veía tanta complicidad.

Niño comenzó a buscar las palabras para explicarse mejor.

—Vamos a morir, si no, no estaríamos aquí. Y en lugar de hacerlo cuando ellos quieran, ¿por qué no jugar con la muerte?

No le acababa de entender y él se dio cuenta.

—Es difícil de explicar. Para comprenderlo tendrías que jugar.

—Eso, juguemos. ¿A cuál? —dijo Torso animándose.

Se miraron ambos. Niño subió al Drago y comenzaron a susurrarse cosas entre ellos. Se les veía eufóricos.

Mientras ellos pensaban, yo mismo me interrogué sobre cuál podría ser mi hobby, a qué podía dedicar esos días finales. Algo que me llenase, algo que me hiciera feliz. Y la verdad es que no me lo había planteado nunca y me costaba encontrar una respuesta.

Como os he contado, me gustaba dibujar en papeles, garabatear secuencias de mi vida. Cada día hacía una, pero no era una gran pasión, sino simplemente mi diario.

—Lo tenemos —dijeron al unísono.

No hablaban de mi hobby, sino de su juego.

Pasamos por el faro a buscar una cuerda larguísima y seguidamente me llevaron más al norte de la cala. En una zona espigada y elevada que acababa en un acantilado, las olas chocaban con violencia alrededor de él o quizá simplemente intentaban adorar aquel lugar con pequeñas y continuadas reverencias.

Recordé a mi padre, aquel lugar era parecido a su acantilado en estructura pero diferente en olores y consistencia. Tuve miedo.

Y allí estábamos, a punto de jugar a algo. Niño nos hizo colocar a los tres en las esquinas de aquel acantilado. Había casi una caída libre de treinta metros.

Nos tendió a cada uno un cabo de la cuerda. Ésta era extraña, acababa en unos cuantos cabos y tenía un nudo en medio.

Ni Niño ni Torso explicaron nada del juego, pero intuía que se trataba de hacer la fuerza justa para que no te tiraran al mar ni hacer caer a ninguno de los otros dos.

—Hicimos esto cuando éramos diez —dijo Torso—. Y nadie se cayó, creo...

Rieron los dos.

—¿Se trata de... ? —Esperé las coordenadas exactas.

—Se trata de jugar y de sobrevivir, como todos los juegos —dijo Niño—. ¡Vamos a jugar!

No sabía a qué se refería con «jugar» cuando Niño tiró con fuerza de su cuerda. La táctica que tenía en la cabeza de que ninguno tirase demasiado se desvaneció al instante.

Torso no tenía mucho apoyo, pero conseguía una fuerza tremenda cogiendo la cuerda con sus muñones. Niño utilizaba más la rabia que su fuerza. Y yo, increíblemente, poseía ambas cualidades.

No recordaba cuánto hacía que no jugaba a nada y, sobre todo, que no disfrutaba tanto. Poco a poco, le pillé el truco y acabamos soltando grandes carcajadas. Me sentía tan lleno de energía...

Hubo sustos, casi caí dos veces al abismo y no sé quién

me salvó. No lo pregunté. Me sentía nuevamente vivo; aquel juego era un renacer.

Tronco y Niño sabían jugar muy bien, aprovechando sus hándicaps.

El juego finalizó cuando acabamos todos en el suelo exhaustos. Nos quedamos mirando aquel cielo estrellado. La luz de nuestro faro nos golpeaba de vez en cuando intentando llamar nuestra atención.

El contorno del Grand Hotel se intuía delante de nosotros.

—¿Cómo saben los del Grand Hotel que nos encontramos mal? —pregunté.

—Siempre nos están observando —dijo Torso.

Niño decidió ser más concreto.

—Si es de noche cuando notamos que alguien se pone mal, cambiamos de color el faro. Ellos lo ven y vienen a buscar al que no está bien.

Tronco continuó.

—Si es de día cuando ocurre, hacemos sonar la sirena

del faro. Es como un bum bum molesto y horrible que te inunda la cabeza.

Después de aquello y casi sin mediar palabra, Torso se marchó. Creo que no había sido bueno sacar aquel tema. Toda nuestra felicidad parecía haberse diluido.

Niño se quedó junto a mí en aquel acantilado. Se levantó y se colocó en el borde. Aunque él no fumaba, en su intento de mantener el equilibrio me recordó a mi padre.

—Tronco tenía mucha conexión con la chica que había crecido demasiado. Nunca le dijo nada. Uno puede soportar su propia muerte; si te vinculas con la de alguien cercano, todo se vuelve demasiado complicado.

»Quizá estaba enamorado de ella. No sé, yo no creo mucho en el amor, me parece que la gente no se enamora, tan sólo se fascina con su propio deseo y con el reflejo de ese sentimiento en la otra persona.

»Poseer es un error. —Sonaba tan sabio a su corta edad—. No has de querer a una persona para ti, la has de compartir con la naturaleza y con el mundo. Debes saber que no te pertenece. Si deseas algo sólo para ti, tarde o temprano lo perderás.

»Yo comparto mis juegos, es todo lo que tengo junto a Van Gogh. Y espero también compartirlo a él cuando me vaya.

Se quedó en silencio. Seguía haciendo ese equilibrio en el abismo que me tenía fascinado.

—Ha sido un día largo, voy a bañarme. ¿Me acompañas? Creo que lo necesitas.

Asentí.

Niño se quitó toda la ropa, miró el vacío y se lanzó de cabeza. Temí lo peor, me levanté rápidamente y fui a ver lo que le había pasado. Estaba perfecto. Riendo en el agua, conocía aquel océano y sabía por dónde lanzarse para no ser arrastrado por la corriente hasta las rocas.

Dudé si debía tirarme, pero menos de lo que me hubiera imaginado. Y me lancé también sin ropa y de cabeza justo en el mismo sitio que él, sin casi temer nada. Si él no tenía miedo, yo tampoco.

Nadamos, jugamos a ahogarnos, corrimos por la playa, nos sentimos libres y reímos.

Él se fue y yo me quedé solo. Y no sé por qué, pero me sentía bien, poderoso. Con una extraña energía difícil de explicar.

De repente me di cuenta de que el hombre de la montaña no era un médico o un sabio. No había perdido a su hijo, sino a su niño. Era alguien que había sobrevivido en aquella isla, alguien como nosotros pero que se había curado. Quizá el único.

Noté que, después de dos noches allí, aquel lugar me había calmado. Me sentía libre. Mi cerebro no se preocupaba de nada. Era como si dejara de ejercer todas aquellas fuerzas de resistencia y comenzara a aparecer mi yo auténtico.

Pensé que forzábamos tanto la cabeza en utilizarla en tonterías que se había terminado especializando en solucionar absurdidades. Pero cuando no debía hacer nada, absolutamente nada, aparecía tu esencia y tu yo auténtico.

Miraba el mundo con superioridad. Ellos vivirían, pero andaban ciegos buscando y yo me sentía en paz.

Allí, después de cuarenta y ocho horas de mi sentencia de muerte, estaba, por qué no decirlo, feliz.

¿Qué me gustaría hacer durante lo que me quedara de vida? Niño decía que lo importante era encontrar lo que siempre has deseado hacer pero que el miedo te había imposibilitado lograr...

Sentía que, desde pequeño, el mundo me había prohibido tantas cosas...

Quizá me gustaría escribir, mi padre adoptivo lo hacía. En el hospital una vez inventé unas historias cortas y las titulé *Finales que merecen una historia*. Añadí algunas secuencias vividas garabateadas al final de cada capítulo. Me gustaba pensar un final y, seguidamente, encontrar la historia que lo envolviera.

Me di cuenta de que yo mismo estaba viviendo en primera persona uno de esos finales que merecen una historia.

Mi muerte pondría el broche de oro a una vida que necesitaba completar sus últimas páginas. Y aunque mi existencia estaba repleta de dolor y pérdidas, aquella parte final lo estaba cambiando todo.

En los tres o cuatro capítulos finales de un libro siempre está la parte emocionante; la que recuerdas.

Pero escribir no me servía, ya lo había hecho y realmente no había disfrutado mucho.

De pronto lo vi claro y supe qué quería probar en esos días.

Cantar. Cantar era algo que me tenía incompleto. Pero no cantar cualquier cosa, sino arias.

Las arias me tenían fascinado. Siempre había pensado que tan sólo quería escucharlas, pero quizá en realidad lo que deseaba era cantarlas.

De pequeño conocí a un enfermo que cantaba ópera. Todas las noches en el hospital hacía sus ejercicios, colocaba la voz, era poético. Resonaba por todo el hospital y siempre tuve la sensación de que aquella música curó a más de uno.

A veces cantaba a todo pulmón el «*Duetto buffo di due gatti*» de Rossini para que lo escucháramos en el ala infantil. Él hacía las dos voces y nuestros «miaus» pueriles complementaban la melodía.

Me fascinaba tanto que pensé que me hubiera gustado dedicarme a eso pero lo di por imposible por mi oído izquierdo, me faltaba audición.

Pero justamente era aquello que había dicho Niño: realizar un imposible. De eso se trataba, de hacer imposibles.

Estaba feliz... Y de repente pasó, el faro cambió de color y viró a rojo. No me lo podía creer.

Mi pavor fue inmenso. ¿Niño o Tronco? Sentí miedo, dolor y rabia.

Comencé a correr hacia el faro mientras el rojo intenso iluminaba mi rostro.

# 9

SOMOS LEYES DE LA NATURALEZA,
NOS DEBEMOS CUMPLIR.

Cuando llegué al faro, vi a Niño intentando reanimar a Torso. No estaba nervioso ni había perdido el control. Le practicaba el boca a boca mientras le hablaba en voz baja.

Torso tenía los ojos cerrados. Sonreía como tanta gente que he conocido que ha muerto en paz.

—Ahora vendrá Madre, no te preocupes —dijo Niño.

Primero Padre y ahora Madre. Habían dado nombre a unas figuras que no poseían.

Torso abrió los ojos al escuchar la palabra «Madre».

—Sabía que algún día vendría a buscarme Madre —dijo con voz entrecortada.

Sonó como si hablaran de algo esperado. Los comprendí, yo también deseaba que mi madre volviese. Perderla es uno de esos errores que la naturaleza debería prohibir.

De fondo, escuché llegar un helicóptero. Niño le cogió fuertemente el muñón de la mano.

—Todo lo que me has enseñado estos días perdurará en las horas o días que me queden —le susurró—. Quiero que sepas que toda tu vida, tu energía, tu forma de encarar el mundo, es una ley de la naturaleza.

»Tú eres una ley de la naturaleza más. Y, como tal, se tendría que cumplir tu forma de ser y jamás ponerla en duda.

Noté que me había perdido alguna conversación anterior entre ellos. La emoción era máxima. Niño prosiguió:

—Ellos quizá tienen piernas y brazos, pero no tienen tu alma. Jamás te la podrán arrebatar. Me contaste lo que sufriste por culpa de ellos y su incomprensión; tendrían que haberse arrodillado ante una ley de la naturaleza.

Torso abrió los ojos por última vez. Sonrió de una forma que sólo podía indicar que era absolutamente una ley de la naturaleza y, poco a poco, cerró los ojos con lentitud.

Madre, una mujer de la edad de Padre, llegó junto a dos celadores y una enfermera. De repente, nuestro pequeño microcosmos se llenó de latidos ajenos.

Sus prisas, sus problemas y sus olores nos inundaron.

Tomaron el pulso a Torso, se escuchó un leve «aún vive».

Niño se puso como loco, no quería que se lo llevaran. Miré a Madre tres veces, pero sólo se preocupaba de Torso. No me dirigió la palabra, aunque sentí su calor y su cariño antes de que subiera al helicóptero.

Se fueron rápidamente y un vendaval de arena nos golpeó el rostro. Niño comenzó a chillar al helicóptero. Era imposible que Tronco le escuchara.

—¡Eres una ley de la naturaleza! ¡Jamás morirás, permanecerás en este mundo!

A cada grito le seguían sollozos. El helicóptero voló hacia la otra isla y nuestro mundo se quedó más oscuro. Aquel cuerpecito nos iluminaba a ambos.

Niño se secó las lágrimas y, sin decir nada, se dirigió hasta la habitación de Torso; ahora sería la mía. Había subido otro escalón. No deseaba por nada llegar a la cúspide. Le seguí. Se sentó en el suelo.

A los pocos segundos noté que se quedaba dormido. Me senté junto a él, me sentía responsable.

Niño murmuró una frase; no la comprendí. Volvió a murmurarla y esta vez sí la entendí.

—Yo no moriré hoy, no te preocupes.

Me relajé, aquel Niño era un sabio. Si lo decía, sería verdad. Pensé que me no me quedaría dormido después de llevar esos horarios extraños durante dos días pero lo hice.

Cuando desperté, Niño estaba mirándome. Delante de mí había un desayuno preparado sin mucho esmero, pero que rebosaba buenas intenciones.

Fue directo.

—Ha muerto hace una hora. Esta noche celebraremos su marcha. Tu generación debe de estar al llegar, tienes que comenzar a prepararte.

—No puedo hacerlo —le repliqué.

—¿El qué?

—Liderar a nadie.

—No lideras a nadie aquí. Tan sólo indicas un camino y la gente decide hacer lo que necesita.

»Nuestro líder siempre decía que si piensas mal, seguramente acertarás, pero que si piensas bien, disfrutarás mucho más.

Sonaba a Padre. No me convenció.

—No quiero seguir aquí. Lo tengo claro.

—¿Prefieres volver al hospital o morir en el Grand Hotel? ¿Mejorará algo si haces eso?

—Sólo quiero irme de esta isla, no puedo más —me sinceré.

—¿Es por lo de esta noche?

—Es por todo. Si prefieres no llevarme hasta el aeropuerto, lo comprendo.

Me miró fijamente y tardó en decir algo.

—Dame un día, un día de tu corta vida —me dijo—. Aquí, un día naces, otro vives y finalmente mueres. Hoy te toca vivir. Permíteme ayudarte a hacerlo.

Lo miré: a sus diez años parecía tan seguro que pensé que podía dedicarle un día. ¿Por qué no?

—Está bien, pero no cambiaré de opinión.

—Claro, lo que tú digas. —No había doble intención en sus palabras—. ¿Has pensado qué querías hacer?

No sé por qué me lo preguntaba ahora. En aquella isla todo iba a mucha velocidad. Dudé si contestarle. Me avergonzaba un poco confesarlo, decirlo en voz alta.

—A mí también me costó decir que quería crear juegos.

Le miré y pensé que daba igual. Sólo era un sueño imposible de realizar.

—Cantar, me gustaría cantar.

—¿Cantar qué?

—Ópera.

No se rió, ni tan siquiera mencionó mi audífono.

—Sé quién te puede ayudar —dijo—. ¡Vamos!

Me fascinó su determinación. Tuve la sensación de que hubiera dicho lo que hubiese dicho, él habría tenido a alguien en mente que habría podido ayudarme.

Bajamos aquellas escaleras de caracol y tuve la sensación de que ya no volvería a aquel lugar.

Él lavó a los dromedarios antes de partir, parecía que bailaban cuando el agua les acariciaba. Aquella imagen inundó de felicidad un amanecer extraño.

Les dio sendos besos de despedida a los dromedarios, cogimos el descapotable amarillo y fuimos hacia un lugar indeterminado.

De repente, perro apareció tras una duna, como sabiendo todo lo que iba a pasar esa noche y deseando evitar vivirlo. Se subió de un salto al coche en marcha. Le acaricié por primera vez.

Sentí que aquel viaje era el que cambiaría mi vida. Lo presentía.

# 10

SER ESCLAVO DE UN PLACER.
CUANDO EL PLACER MÁXIMO
ES NO SER ESCLAVO DE NADA

Condujimos en silencio bastante rato. Necesitaba preguntarle algo.

—¿Cuándo traerán a Tronco?

Él se rió, me imagino que no lo llamaban así, pero no me corrigió.

—Ellos lo incineran y lo dejan colgado en los dromedarios, que le dan una vuelta por última vez por donde él desee y luego los custodian hasta que lo recogemos.

Decidí preguntarle algo que suponía que no me contestaría.

—¿Qué tienes?

—Qué importa —me contestó—. ¿Acaso cuando estás bien te preocupas de lo que no tienes?

Me imaginé que había abierto la veda del terreno personal y que él lo aprovecharía.

—¿De qué murieron tus padres? —me preguntó.

Me costó contestarle. Había mentido a Tronco cuando me lo había preguntado. Ahora sentía que debía decirle la verdad a Niño.

—No lo sé. Me adoptaron con un año.

—¿Tienes padres adoptivos, entonces?

—No. Me adoptó un hombre, un escritor, pero ya murió.

—¿Eres huérfano?

—Estuve con él hasta los once, luego pasé de casa en casa hasta que enfermé.

—¿De hogar en hogar?

—No, de casa en casa —repliqué.

Me costaba contestar tantas preguntas, pero notaba que se lo debía al recuerdo de Tronco. De repente, Niño rió.

—Qué mierda de vida has tenido —dijo.

Le miré y no pude más que reírme también. De repente hizo una pregunta inesperada.

—¿El escritor abusó de ti?

Negué con la cabeza. Pero la ofensa era tan grave que necesitaba muchas más palabras para desmentirla.

—No, jamás. Era una buena persona. Yo era el sexto niño que adoptaba. Creo que deseaba darnos oportunidades.

—Entonces ¿tienes hermanastros?

—No nos considerábamos así.—Decidí que debía cambiar el foco de la conversación—. ¿Y tú? ¿Cómo murieron tus padres?

Sonrió, creo que se imaginaba que haría eso.

—Lo mío es más tradicional. Mis padres murieron en un accidente de coche... como los tuyos, ¿no?

No dije nada, me imaginé que con Tronco se lo debían de contar todo.

No repliqué su acusación.

—Debió de ser duro —dije.

—Sí y no. Mis padres sabían que yo estaba muy enfermo. Les atormentaba pensar que yo muriese antes que ellos. —Hizo una pausa, la emoción le embargaba—. Siempre he odiado esa frase que se dice de que no existe una palabra para llamar a los padres que pierden un hijo. Esas palabras continúan siendo «madre» y «padre». No se pierde jamás ese estatus.

Notaba su emoción, que supuraba por todo su pequeño cuerpo.

—Entonces tú y yo no somos huérfanos, somos hijos.

—Cierto.

Creo que le gustó que le comprendiera tan rápido. Aceleró y tardó en continuar.

—Por un lado me alegré de que no tuvieran que so- brevivirme. Al fin y al cabo, todos debemos morirnos; lo triste no es morir, sino no vivir intensamente. Creo que fue Mark Twain quien dijo que morimos a los veintisiete y nos entierran a los setenta y dos...

Pensé en lo que había dicho y tuve que replicar.

—Pero si pudiéramos estar bien...

Rió y ladeó la cabeza. No estaba muy de acuerdo.

—No, ésa es la excusa preferida de la mayoría de la gente para no pensar en la muerte. Esa frase resume una forma de comportarse que ni tan siquiera hemos creado. Nos han impuesto pensar así.

»No existen las normas, no más que las que uno se mar- ca dentro de sí mismo.

Sonaba tan parecido a aquel primer compañero de habitación... Me gustó volver a escuchar sus teorías en boca de otra persona.

—¿Sabes qué diría la sociedad de nosotros? —continuó.

Me miró, siempre necesitaba una palabra para notar que le escuchaban.

—¿Qué?

—Que deberíamos morir en hospitales, sin hacer nada ni molestar, sedados con medicación. También opinarían que estos últimos días aquí no tienen sentido. Que debemos ser convencionales y, sobre todo, no aprender nada nuevo porque vamos a morir...

No dije nada.

—¿Tienen razón? Ya te digo que no. En el hospital sólo recibes paliativos, pero nadie te habla sobre la muerte. ¿Sabes qué pienso?, que en los teatros no se deberían interpretar textos, sino un espectáculo sobre la muerte de alguien en directo. Allí es donde hay verdad.

—No tendría mucho público.

Reímos al unísono. Él continuó:

—Aquí vivimos hasta no poder más, pero es un regalo. Aquí te reconstruyes, creas un mundo y lo mejor es que nadie te molesta. ¿Quién va a querer estar cerca de unos enfermos terminales? Y lo que no saben es que son ellos los que no están bien.

Tenía razón en todo, pero decidí ver cuán fuerte era su creencia.

—¿Y no echas de menos lo que no tendrás si te mueres?

Había decidido ser directo. Él también lo fue con su respuesta.

—¿Qué no tendré?

La pelota volvió a mí. Creo que él sabía a qué me refería, pero supongo que quería que yo lo dijera.

—¿Sexo?

—¡Claro que he tenido sexo! —me replicó.

Su sonrisa me hizo dudar. Quizá sí que lo había tenido, así que modifiqué y amplié mi respuesta para no herirle.

—¿Enamorarte, tener hijos, vivir con otra persona?

—¿Tú tienes todas estas cosas ahora? ¿Las has tenido? ¿Las tendrás? ¿Las añoras?

No respondí.

—¿Y no añorarás tú vivir en África? ¿Tocar el saxofón? ¿Perder a tu amada? ¿Saltar al vacío? ¿Comer un plato exótico que no sabrías ni pronunciar en un lugar que jamás has conocido ni conocerás? ¿Eso no lo añorarás?

»No todo es sexo y amor.

»El sexo tan sólo es el juego más divertido y el más sencillo —continuó—. Es un mete-saca pero al que le han dotado de tantas normas que ya casi es imposible participar. Se le ha relacionado con otros juegos que no tienen nada que ver con él y así lo han vuelto complicado. Han conseguido que los no sexuales se conviertan en las propias afirmaciones que son muchas personas.

»El sexo que das a otra persona es en realidad el que deseas para ti. Además, el sexo y el amor se heredan, uno es el sexo y el amor con el que lo procrearon a él y a sus antepasados.

»Pero el sexo y el amor son sólo los anzuelos. No puedes construir tu vida a través de ellos. Les damos épica y esto es lo que los convierte en falsos.

»¿Cuánta gente es esclava de un placer? Cuando el placer máximo es no ser esclavo de nada.

Aquellas frases eran tan buenas y más si salían de la boca de un niño de diez años.

Él puso la radio, sonó «*Always on my Mind*» de Elvis Presley.

*You were always on my mind,*
*You were always on my mind*

La letra de esa canción me encantaba, hablaba del dolor de perder a alguien a quien aún amas.

Era como si la radio hubiese oído nuestra conversación. Siempre que la escuchaba, sentía cierta nostalgia de no haberme enamorado aún tan locamente de alguien, para un día poder cantársela a otra persona.

Elvis la interpretaba genial, aunque siempre me pareció

que se disculpaba con superioridad. Creo que no la echaba tanto de menos.

—Siempre suenan muertos en esta radio —dijo riendo.

Descubrí a Elvis gracias a mi padre adoptivo. Siempre ponía una y otra vez alguna canción suya cuando escribía. Siempre el mismo tema de manera repetitiva, decía que así se tapaba el ruido de la ciudad. Eso fue antes de que nos trasladásemos a la casa del acantilado.

Escribía siempre con un horario estricto: siete horas cada tarde. En esos instantes no se le podía molestar y era cuando Elvis le acompañaba.

Yo le regalé una vez un CD de Elvis en el que salía una canción que utilizó para escribir un libro de cuentos que no se vendió bien y siempre me responsabilicé de ello. No recuerdo qué canción puso, siempre he pensado que todas se parecían un poco y que lo único que valía la pena era la forma en que Elvis las interpretaba.

Le añoraba, siempre me trató muy bien. Creo que aún me dolía el comentario de Niño. No se lo reproché de nuevo porque hubiera parecido que ocultaba algo.

En el hospital sí que conocí un chico al que maltrataron. Tenía quince años y, cuando llegó, ya noté algo raro en él. Normalmente, cuando llegas tardas un día en ponerte el pijama. Sientes que tu vida es más parecida a la de tu hogar si vas con ropa de casa. Ponerse el pijama te quita parte de tu yo. Pero él se lo puso sólo al llegar, como si deseara desprenderse de su antiguo yo.

Estuvo casi tres años ingresado.

A los cinco meses nos hicimos grandes amigos. Y una noche de aquellas especiales de hospital me contó que habían abusado de él y que entrar en el hospital lo había parado todo.

Sonaba tan aliviado... Pensé que era increíble que una enfermedad jodida fuera el antídoto de lo que sufría. Una gran mierda había acabado con otra gran mierda.

Niño no volvió a hablar durante el resto del viaje.

Llegamos a una casa que estaba en la parte más al norte de la isla.

Era un lugar precioso, totalmente diferente de nuestra zona, lleno de vegetación y de hermosos cactus que rodeaban aquel paraje.

La casa a la que nos dirigimos era como un castillo. Aquella isla cambiaba radicalmente según la zona que visitabas.

Pensé en aquello que a veces decía mi padre, el escritor. Él hablaba de que las mejores imágenes y momentos de la vida se quedaban para siempre en esa retina interior que es el alma.

Viendo aquel espectáculo, me di cuenta de que mi retina interior, mi alma, acababa de almacenar otro fotograma para el recuerdo.

—¿Quién vive aquí? —indagué.

Sé que debía haber preguntado antes a quién veníamos a ver; pero qué importaba, le había prometido unas horas y debía aceptar adonde me llevara.

—Aquí vive... Lo que necesitas.

# 11

# EL CAOS
# ES LA PERSONALIDAD
# SIN JUICIO
# NI MORAL

Abrió la puerta una mujer de mediana edad embarazada. Le dio un beso en la boca a Niño y, a los pocos segundos, yo recibí otro. Perro obtuvo una caricia inmensa.

—¿Tú eres quien quiere cantar? —me preguntó.

¿Cómo lo sabía? No vi a Niño llamar a nadie en ningún momento, aunque quizá allí no había ni cobertura.

—¿Cómo te llamas?

Las preguntas se acumulaban.

—No he elegido nombre todavía.

—¿Tú comienzas la nueva generación?

No contesté, no deseaba repetirme acerca de lo que sentía sobre aquello.

—Voy a pensar un buen juego, os dejo —dijo Niño.

Niño marchó junto a perro y me quedé con ella. Me llevó hasta la terraza: era impresionante, un increíble vergel. Se divisaba nuestro hogar muy al fondo.

Ella hablaba sobre ese lugar y cómo lo encontró. No la escuchaba. Ver nuestra casa desde otra perspectiva me había emocionado enormemente.

Aquella mujer se movía con mucha rapidez, a pesar de que su embarazo estaba muy avanzado.

Me hizo sentar en la mesa principal de la terraza y sirvió una bebida que se llamaba *pisco sour*. No la había probado nunca.

—Le agradezco su tiempo, pero he decidido irme —la interrumpí.

Ella no parecía muy interesada en mi decisión.

—¿No quieres cantar?

—No lo sé... Era sólo una idea.

—Bueno, yo te puedo enseñar.

—No tengo mucho tiempo; además, debe de ser complicado.

—No hace falta ser el mejor, ¿no?

—Me refería a...

Me interrumpió.

—Quizá, aunque tuviéramos toda la vida, tampoco lograrías cantar bien. ¿Sabes qué decía mi hijo? «Ama tu propio caos.»

—¿Ama tu propio caos?

Bebió un trago de pisco.

—Sí, yo tampoco le entendía al principio. No sabía a qué se refería. Luego él murió, cuando tenía quince años. Y yo tardé casi cinco años en comprender lo que quería explicarme.

No sabía de qué hablaba, pero no se lo dije. Ella continuó:

—Él sabía lo que yo sufriría con su marcha y ese «Ama tu caos» me ayudó. Amé mi caos.

Sonrió. No sonaba triste.

—Casi siempre bailábamos. Éramos la madre y el hijo que más bailaban en el hospital. No nos avergonzábamos, sino que nos sentíamos eufóricos.

»A veces nos podíamos pasar horas bailando tangos o boleros.

»Mi marido nunca bailaba. Creo que si no has bailado con tu hijo, no sabes lo que te pierdes; es como si lo tuvieras de nuevo dentro ti. No sé cómo explicarlo. Ahora bailo con este que espero, desde dentro hacia fuera...

Me sirvió más pisco.

—La gente se priva de las cosas porque cree que no le corresponden, pero si juegas al límite, sin pensar en roles, todo mejora. Este mundo tiene los límites que desees ponerte. Jan siempre amó su caos y no se puso ninguno, jamás...

Hizo una pausa; diría que pronunciar su nombre le había afectado, pero enseguida volvió a coger el ritmo.

—Jan bailaba genial. Cuando bailábamos juntos amábamos el caos que creábamos.

No la comprendí y ella lo notó. Se tomó unos segundos antes de continuar, deseaba explicármelo bien.

—«Ama tu caos» habla sobre lo que te hace diferente, lo que la gente no entiende de ti o lo que desea que cambies.

»"Ama tu caos" es lo que Jan hizo siempre con su vida y lo que deseaba que yo hiciera con la mía. Cuando él se marchó, sabía que me derrumbaría, pero no quería que abandonase este mundo, sino que amase ese caos que había creado.

»El mundo siempre prefiere que cambies tu caos, que lo domines, que lo corrijas, que lo ordenes o que lo disminuyas, cuando en realidad has de amarlo y, no sólo eso: después de quererlo, tienes que agrandarlo. Uno es su caos.

»Cuando alguien no le entendía, a él no le importaba, siempre le respondía: "Ama mi caos". Y cuando él no entendía a alguien, le susurraba: "Amo tu caos, pero lejos, bien lejos de mí...".

»Él pensaba que cada día que amáramos nuestro caos, deberíamos lanzar un globo azul gigantesco para que el resto del mundo lo supiese. "Debes compartir esa aceptación del caos." Él creía que sería bello y caótico levantarse un día y encontrar un cielo lleno de globos azules.

Se acercó mucho y me miró a los ojos. Me quería aclarar algo fundamental.

—El caos es la personalidad sin juicio ni moral. Si amas tu caos, acabarás descubriendo que las respuestas jamás te las dará este mundo, sino que están dentro de ti. —Me tocó el rostro—. No existe la felicidad, tan sólo existe ser feliz cada día y para ello es fundamental amar tu caos.

Hizo una pausa. Me acabé el pisco por hacer algo. Me había entusiasmado lo que había contado, no sé si lo había asimilado, pero me había tocado muy adentro.

—Si debes irte, vete —dijo sonriendo—. Si debes irte porque es lo que te han enseñado, entonces no te vayas.

No me fui.

—¿Te gusta alguna aria de ópera en particular?

Tardé en contestar: deseaba decir una que la impresionase.

—«*Belle Nuit*», la barcarola de *Los cuentos de Hoffmann*.

Entró en la casa y vi cómo sacaba un disco de una colección que tenía en una pared del salón. No me había fijado cuando llegué. Tenía una colección impresionante de vinilos.

Puso el disco en un precioso gramófono de madera y comenzó a sonar «*Belle Nuit*».

Aquel lugar ya mágico se había inundado de una belleza extra. Siempre he creído que los paisajes acompañados con música triplican su hermosura.

Pensé que me pediría cantar junto a ella, pero no fue así. Me cogió la mano y empezó a bailar conmigo en aquella inmensa terraza. Me sentí Jan; con humildad, pero me sentí Jan.

Me dejé ir, no bailaba bien, pero me dejé llevar, y amé mi caos aunque ese caos fuese bailar mal. Esos minutos fueron espléndidos.

El disco ronroneaba, aquella voz nos inundaba con su magia, y ella y yo bailábamos.

Me sentí como si estuviera en paz. Fueron cinco minutos intensos: no dejamos de bailar un solo segundo. Comenzamos separados, dejándonos ir, desinhibiéndonos y finalmente bailamos un lento. Sentí cómo el pequeño de dentro se unía en algunos instantes a nosotros. Notaba los pequeños golpes en su tripa.

Cuando acabamos, ella lloró de felicidad. No sé si porque hacía tiempo que no bailaba o porque recordaba a Jan.


—Ven mañana y cantarás como nunca te has imaginado —me dijo—. ¿Sabes? Sus amigos le llamaban Yanny a Jan —añadió.


Aquel detalle sin importancia me emocionó. Entré en la sala y volví a poner aquella canción, igual que hacía mi padre. El tema volvió a sonar. Esta vez la llevé yo a ella y, mientras lo hacía, le pedí que me continuara hablando del caos de Jan.

Y con cada palabra que ella pronunciaba sobre aquel chico y su caos, notaba como su energía y su fuerza me impregnaban.

Me daba cuenta de que deberíamos amar nuestro caos, aquello que nos hace únicos, en lugar de domarlo.

Aquella mujer supuraba energía y su hijo estaba dentro

y fuera de ella. Era como si ambos fueran pura luz y con-
seguían que yo brillara.

No sé cuántas veces pusimos el tema pero me di cuenta de que todo nuestro ser está diseñado para bailar. No
para andar ni correr, ni mucho menos para trabajar, dis-
cutir, sufrir o pensar.

De pronto lo vi claro.

Pensando se crean los problemas y bailando se solucio-
nan.

# 12

## EN DÍAS CLAROS, UNO DEBERÍA PODER VER SU ALMA

Cuando salí de la casa, Niño estaba jugando con perro. Se mordían. Le saludé y ambos vinieron corriendo hacia mí. Estaba casi anocheciendo. Volvimos en el coche en silencio tal como habíamos hecho en el final del viaje de ida.

Pensé en la fiesta que le haríamos a Tronco, tenía ganas de decir por primera vez lo que me quedaba de él.

Casi a mitad de camino, Niño viró hacia el este: quería enseñarme algo. En aquel lugar sólo había dunas y el impresionante viento que soplaba hacía que no vieras nada en la carretera.

Llegamos hasta un acantilado imponente. Era un lugar precioso pero abandonado. Ni volcanes ni vegetación, tan sólo arena por todos los lados excepto el del mar. Salimos del coche, le susurró a perro que se quedara dentro. Obedeció. Fuimos hasta el final del precipicio. Niño se quedó mirando al horizonte. Noté que iba a decir algo importante.

—En días claros, uno puede ver —hizo una pausa— su alma.

Reí, acostumbrado a escuchar esa misma frase acabada con el nombre de otra isla. El viento cada vez soplaba con más fuerza.

Niño fue al coche y trajo un libro. No era muy grueso ni muy ancho, cabía en un bolsillo.

—Lo necesitarás para cuando los de tu generación te pidan hacer algo. Aquí están las direcciones de los que nos ayudan.

No llegué a abrir aquel libro. Supe que aún no era el momento, aún no era el jefe de nada, sólo un simple aprendiz.

—¿Por qué nos ayudan? —pregunté.

—Pérdidas —replicó—. Perder te sitúa en un lugar y en una actitud universal. Esta isla es como debería ser el mundo. No estamos creados para aprender a vivir, sino para aprender a morir.

Sonreí y recordé a la mujer.

—O a bailar.

Ahora era Niño quien sonreía.

—Baila genial, ¿verdad? Consigue que encuentres tu camino.

El viento empezó a soplar más fuerte, venía en contra de nosotros, en dirección al vacío. Si no hacíamos fuerza, nos empujaba inexorablemente hasta el borde del acantilado.

A Niño se le iluminó la cara, aunque su rostro indicaba un cansancio que hasta ese momento no le había visto jamás.

—Siempre que te acercas a una respuesta, el Universo juega contigo para que olvides la pregunta.

Niño fue hacia el coche: le notaba agotado. Pero supe qué debía hacer. Le propuse jugar. Se trataba de jugar a evitar que el viento nos lanzara hacia el precipicio.

Se apuntó al instante. El viento comenzó a rugir con fuerza; teníamos que gritarnos para oírnos. Comenzamos a reír, a la vez que decidí iniciar una conversación que necesitaba tener.

El sol se ponía a lo lejos, parecía que toda la naturaleza se había aliado para conseguir que aquel juego fuera perfecto.

Comencé a hablar intentando que el viento realmente no me arrastrara a una muerte segura. El mar detrás de nosotros no estaba en calma y, además, las rocas que sobresalían eran imposibles de sortear.

—Pero si estamos hechos para morir, para entender nuestra muerte, ¿todos ellos están equivocados? —pregunté chillando.

Niño respondió también gritando.

—Dime tus grandes momentos vitales y estoy seguro de que todos los que te han modificado como persona están relacionados con la muerte o la aceptación de ella.

El viento nos empujaba cada vez más. Niño continuó:

—Cuanto más pronto entiendas que cada minuto es un regalo, antes comienzas a vivir. Pero no debes comprenderlo en clave de vida, sino de tu muerte —respondió chillando más.

—¿Y cómo se hace esto? No lo entiendo.

—Piensa en los gordos.

—¿Los gordos? —grité.

No estaba seguro de si le había entendido.

—La gente gorda quiere adelgazar, perder la barriga, en tres meses, pero quizá ha necesitado catorce o treinta años para crear esa tripa.

»Entender cómo se comprende la muerte en dos minutos es imposible si siempre te han enseñado sólo a vivir.

»Estamos hechos de carne y nos comportamos como si fuéramos de acero, ése es el problema. Pero la gente olvida que ha de ser al revés: los valientes fueron antes cobardes y, si has sido un pequeño cobarde, puedes acabar siendo un gran valiente.

»Mi madre siempre decía que yo era un niño Índigo.

—¿Índigo? —le pregunté extrañado, jamás había escuchado aquella palabra.

—Índigo es una tonalidad de azul —me replicó sonriente—. Mi madre creía que existía gente en este mundo con el alma de color azul. Extrañamente inteligentes, sensibles y que podían cambiar el mundo. Cada año nace uno de esos niños Índigos. Yo sé que no lo soy, pero me encanta pensar que existen.

No sé por qué me había contado aquello, pero supe que era su verdad. Sonrió; yo junto a él aunque el viento cada vez me llevaba más al límite del acantilado. Me sentía exhausto. Entendía la esencia de lo que Niño me explicaba, pero no el fondo.

Seguimos jugando. Cuando parecía que no aguantaríamos sin caer, él me chilló a todo pulmón:

—Hoy partiré. Mañana llegarán los tuyos y sé que lo harás genial.

Y supe que esta vez era verdad... Y supe que debía ser fuerte... Y supe que él moriría.

Y no sé por qué lo supe, pero el último soplido casi se lo lleva y yo lo sujeté y le devolví a la vida. Él sonrió y vi en su rostro como su vida se apagaba.

—Sin tu generación pronto te apagas —me susurró—. Ellos son tu energía y lo que les prometiste, el motor que te da fuerza. Recuerda que las promesas se las lleva el viento, siempre hay que evitar que sople...

Noté que le quedaba muy poco. Lo llevé al coche, conduje. Perro no dejó de lamerle durante todo el viaje. Sentí que lo estábamos perdiendo.

# 13

## NO NOS ENSEÑAN A CRECER, QUIZÁ NO DEBERÍAMOS CRECER

Cuando llegamos a casa —nunca pensé que llamaría a aquel lugar «hogar»—, Niño estaba ya muy débil.

Lo dejé descansando en el faro. Perro se quedó junto a él.

Me pidió que preparara la despedida de Torso. Lo hice. En los dromedarios estaban sus cenizas.

Con cuidado intenté reproducir lo que había visto las dos noches anteriores. Seguí sus tradiciones, sentí que quizá por ello te hacían convivir con la antigua generación, para que comprendieras a sus miembros, para que supieras cómo te habían precedido y pudieras darles un final.

Cuando todo estuvo preparado, le quise llevar en brazos hasta la cala; él se negó. Andaba lento, pero no teníamos ninguna prisa. Se apoyaba en perro que iba a su velocidad.

Cenamos y esta vez no lo hicimos en silencio. Hablamos sobre lugares comunes, sobre infancia y sobre fútbol. Creo que lo necesitábamos.

Llegó el instante de repartírnoslo. Niño fue el primero en hablar. Se emocionó con cada palabra.

—Me quedo con todo tu ser. No te reparto, no deseo que nadie se pida nada de ti. El mundo te robó las otras partes, yo me quedo con todo lo que tú eras, una persona completa en todos los sentidos.

Lloró, y yo junto a él.

No dije nada más. Sentí que sería intrusismo. Niño me dejó poner las cenizas en el géiser. Tronco subió más alto que el resto e iluminó todo el cielo de una manera perfecta.

—Tú encontrarás otra forma de despedir a los tuyos —añadió Niño.

Nos sentamos a mirar el mar. Perro no se separaba de su lado. Me empezaba a sentir uno con aquel lugar.

Además, mientras Niño se apagaba, yo me iba haciendo más fuerte.

—La gente se complica tanto la vida... Siempre desea más y más —dijo Niño.

Luego se quedó una hora más en silencio. De repente

uno de los dromedarios apareció cerca de Niño, como si presintiera su muerte. Le lamió la oreja y se estiró cerca de él y de perro. El segundo dromedario llegó a los pocos minutos e hizo lo mismo. Fue emocionante y doloroso.

—Ellos nos sobreviven a todos y siempre huelen nuestra desaparición.

Volvió a quedarse una hora más en silencio; se le veía muy apagado. Tuve que hacer la pregunta.

—¿Enciendo el faro? —indagué.

Rió. Se levantó, silbó y comenzó a bailar algo parecido a «Stayin' Alive» de los Bee Gees. Estaba tan gracioso...

Me uní a él. Comenzamos a silbar y bailar «Stayin' Alive». Al fin y al cabo era lo que hacíamos allí.

Era un gran bailarín, de aquellos que innovan. Nos reímos mucho.

En un instante perdió el equilibrio, lo sostuve y entonces bailé con él. Aquella mujer tenía razón, nos perdemos tantas cosas no bailando con la gente que apreciamos...

—No deseo ir al Grand Hotel. Sólo quiero jugar a la cuerda... —Hizo una pausa—. Perder y bailar con el agua.

Sé qué significaba aquello y lo temía desde hacía horas. Ya me imaginaba que él querría morir jugando, siendo coherente con su forma de vivir. Creo que hasta perro lo sabía.

No me negué, le comprendí y amé su caos.

Fuimos hasta aquel acantilado. Cogimos la cuerda y comenzamos a jugar. Él sacó fuerzas de donde no tenía. Le miraba y entendía todo lo que me había hablado estos días.

Estaba viendo morir a alguien, aprendiendo de su muerte.

No se lo dije, era obvio. Pero sí que me sinceré respecto a algo que él no sabía.

—Mañana es mi cumpleaños —le revelé mientras hacía toda la fuerza de la que él carecía.

—¿Cumples dieciocho?

—Sí.

Niño sonrió.

—Quizá puedas cambiarte de zona.

No le comprendí.

—Hay cuatro zonas en esta isla, va por edades. Aquí estamos los que moriremos hasta los diecisiete. En el libro tienes el lugar donde están los otros. Puedes cambiarte si lo deseas a la zona de los que van de los dieciocho a los treinta y seis años.

Era increíble lo organizado que estaba aquel lugar, cuando parecía que fuera caótico. El orden del caos.

—La mujer embarazada que has conocido hoy es la última de su generación de los treinta y siete a los cincuenta y cuatro. Supongo que mañana llegará su relevo. A veces tardan en encontrar sucesores...

—¿Ella va a morir? —Estaba sorprendido—. Pensaba que era alguien que nos ayudaba...

—El libro que te he dado habla de las personas que hay en la isla, de aquello a lo que se dedicaban, en lo que nos pueden ayudar. Pero todos venimos aquí a morir... Forma parte de la vida... Todo es un juego, el mundo es el patio de juego más grande que existe —repitió—. Nadie nos enseña a crecer, quizá no deberíamos crecer.

Cuánta razón tenía. Seguimos jugando, pero él luchaba por caer, luchaba con fuerza para morir jugando. Entonces decidí que no debía luchar por quedármelo más tiempo.

Y le dejé marchar. Y lo perdí. Perro aulló cual lobo que pierde parte de su manada. Y sentí, como él había vaticinado, que su muerte era necesaria para darme vida...

# 14

NO SE TRATA DE SALTARSE PROHIBICIONES,
SE TRATA DE NO DAR VALOR A ESAS
PROHIBICIONES.

NO SE TRATA DE SUFRIR,
SE TRATA DE COMPRENDER EL SUFRIMIENTO.

SE TRATA ÚNICAMENTE DE VIVIR.

Y como Niño predijo, él murió y yo resucité.

Tan sólo justo después de perderlo, me di cuenta de lo muerto que había estado. Ahora sentía que estaba vivo y entendí que preocuparse de la vida no es jamás tan intenso como hacerlo de la muerte. La muerte da conciencia y rezuma vida. Allí están todos los resortes que nos apasionan.

Y entendí que si cambias el concepto «Vivir comprendiendo la muerte», todo cambia dentro de uno, ya que se olvidan todos los problemas y rutinas que te impones para creer que una vida debe tener sentido.

Me sentía intenso y único, con energía de líder y sin miedo de disfrutar el resto de mi vida, aunque fuera muy corta.

Justo en ese instante un dolor atizó todo mi ser y fue como si mi cuerpo malherido quisiera participar de aquel descubrimiento.

Supe que crearía mi generación, necesitaba dar a aquella gente que llegaría un cariño, un nombre y una forma de vivir.

Respiré fuerte y tuve claro que, cuando llegasen, debía ser otro y, para ello, necesitaba marcar la senda.

Regresé al faro, Van Gogh no quiso venir. Subí arriba del todo por primera vez. Al hogar de Niño. Desde allí todo se veía de otra forma. Al ver el tamaño de su cama, entendí más su grandeza. Me senté justo detrás de aquella poderosa luz que salvaba vidas y comencé a escribir.

Pero mientras relataba todo lo que me había pasado aquellos días, me di cuenta de que lo que había aprendido no debía sólo enseñárselo a la generación que vendría, sino al mundo entero.

Me estaba muriendo, pero había descubierto que tan sólo dando lo que no deseas dar, y siendo el que creías que no eras, puedes llegar a ser o a desear lo que quieres de este mundo.

Y me dispuse a escribir ese decálogo o ese lienzo de veinte o treinta reglas para ser destruidas, para ser aceptadas o, simplemente, para ser ignoradas.

Tenía claro que no sería tan sólo el líder de la generación que se aproximaba, sino que intentaría cambiar todas las generaciones posteriores que vendrían.

Y todo aquello era gracias a la muerte que me daba coraje. Sólo era uno más que había descubierto que la vida nos hace ser cobardes.

Y sentía que todo mi cuerpo me dolía y me advertía de todas las formas posibles de que mi final estaba llegando.

Pero cuando llegase el momento, haría como Niño y moriría en aquella isla con los míos. Y esperaba no ser ni el primero ni el segundo ni el tercero. Intentaría aguantar hasta el final como hizo su líder.

De repente supe cuál sería mi primera regla:

*«Olvida todas las reglas que te han enseñado».*

Y la segunda sería:

*«Inventa tu propio mundo, define tus propias palabras».*

Me di cuenta de que nuevamente todo se resumía en una sola:

*«Ama tu caos».*

Con aquello era suficiente.

La muerte de Niño me había dado tanta fuerza, me sentía capaz de gobernar mi vida y con el poder de idear un nuevo código para este mundo.

Un código que jamás tendría prohibiciones. Éstas son para los que tienen miedo. Y es que se pasan la vida jugando con nuestros miedos, cuando no los conocen, ni a ellos ni a nosotros.

Me di cuenta de que sólo debes decidir cómo quieres vivir en este mundo. Se trata de inventar de nuevo la rueda, el fuego, la música, el canto... De olvidar la masificación y la búsqueda. De aceptar el dolor y la tristeza. De no formar parte de ninguna regla que den por establecida.

No se trata de saltarse prohibiciones, se trata de no dar valor a esas prohibiciones.

No se trata de sufrir, se trata de comprender el sufrimiento.

Se trata únicamente de vivir.

Ninguna regla, tan sólo ser fiel a uno mismo, a tu generación. Morir y dar vida. Dar vida. «Dar.»

De repente me calmé. Quizá estaba demasiado eufórico. ¿Debía realmente partir?

¿Me debía a mi generación o a mi mundo? ¿Mi generación eran aquellos nueve chavales que vendrían en pocas horas o era toda la gente que estaba muerta en vida y a la que había que resucitar?

Decidí que debía hablar con otros. Quizá como Niño me había mostrado, debía saber adónde pertenecía. En pocas horas sería mi cumpleaños y tal vez era hora de ir a otro lugar de la isla.

Miré aquel libro y busqué dónde moraban los que cumplían dieciocho años. Era fácil llegar.

Viré a rojo el faro para que recogieran a Niño. Ya se había mecido suficiente entre las olas, como le habría gustado. Y fue cuando alcé la vista que vi en el techo de ese faro un montón de globos azules. Niño había seguido los consejos de aquella mujer. Había amado su caos cada día en aquella isla. El rojo del faro y el azul de aquel techo quedaron para siempre grabados en mi alma.

Cogí uno de los dromedarios y fui hacia el sur. Quería observar aquella otra generación, ver cómo vivían, de qué manera se despedían y si entenderían lo que acababa de descubrir.

Canté «*Perfect Day*» de Lou Reed en honor a Niño y el dromedario, como siempre, puso la percusión. Sonó mucho más triste que en el viaje de ida.

Fue mi despedida de un grande mientras me alejaba de aquel faro.

A los pocos segundos escuché unos ladridos, Van Gogh me seguía.

Me sentía único, no necesitaba nada más en este mundo. Nada, absolutamente nada.

El mundo tenía por fin el color que nunca debería olvidar.

Sólo el que está en paz consigo mismo puede sentir lo que yo notaba en aquel instante.

Cogí la bolsa de vómitos que aún llevaba en el bolsillo, le di la vuelta y a lomos de aquel dromedario escribí mi segundo poema:

«Los diez bastas que se necesitan
para vivir en este mundo y ser uno mismo junto a tu caos.»

*Basta de justificarse con palabras*
*Basta de sufrir por lo que piensan los otros*
*Basta de tratar a la gente diferente,*
*nadie es más que nadie.*
*Basta de jugar con reglas que no creaste ni comprendes*
*Basta de correr, de ir con prisa porque el presente es*
*donde estás en ese justo instante.*
*Basta de aspirar a ser el mejor*
*Basta de la tiranía de los débiles*
*¡Basta, basta, basta!*

# 15

## LAS CICATRICES DE LOS MIEDOS SON FRUTO DE LAS CARICIAS PERDIDAS

Y llegamos a nuestro destino mientras amanecía.

En aquel lugar había un pequeño lago verde que se integraba perfectamente en la naturaleza. No había acantilado ni faro. Era un espacio lleno de agua dentro de un volcán. La hermosura era desbordante.

Estaba agotado. El dromedario y Van Gogh bebieron, yo me bañé en aquella especie de piscina natural. Intenté no emitir ningún sonido. No quería perturbar aquella belleza.

De repente vi a una chica en una de las orillas del lago. Tocaba una trompeta pero como si fueran notas susurradas para ella misma. Me observaba; destilaba calidez.

Salí del agua y me acerqué a ella y, entonces, me di cuenta de que era la chica del avión, la que había conectado con mis pensamientos interiores. Parecía que hubieran pasado siglos desde aquel instante.

Ella me miró y también me reconoció. Dijo otra vez

aquellas palabras para sí misma, sin sonoridad exterior, sólo moviendo los labios:

«Despierto y no lo deseo...».

La miré y esta vez lo tuve claro. Pronuncié mi respuesta:

«Despierto y lo deseo».

Ella me miró y no ahondó más en aquello. Van Gogh se acercó y la olisqueó. Noté que congeniaban.

—¿Eres el líder de los del norte? —me preguntó.

—Sí. ¿Tú eres la líder de los del sur?

—Sí.

Volvió a tocar la trompeta, esta vez reconocí la canción. Era «*Taps*». La había escuchado de los labios de Montgomery Clift en *De aquí a la eternidad*. Mi padre era un gran fan de todas las películas en las que salía Burt Lancaster. Sobre todo de *El nadador*, aquel film en el que el actor intentaba cruzar toda una urbanización nadando de piscina en piscina. Creo que le entusiasmaba porque era una metáfora sobre la incomunicación. O quizá tan sólo le gustaba porque salía el agua, siempre el agua.

Cuando acabó de tocar, quise aplaudir, pero supe que no era lo que debía hacer. Le conté una confidencia.

—Hoy cumplo dieciocho años.

—Felicidades. —Sonrió—. ¿Vienes a morir aquí?

Ella también había cambiado respecto al avión, lo noté sin casi conocerla.

—No creo... Quizá volveré —me sinceré.

—¿Allí?

—Sí.

—¿Para qué?

—Para cambiarlos. Debemos ayudarlos a que despierten.

—No creo que se dejen.

—Dar —insistí.

Esperaba que entendiese ese «dar», que hubiese hecho también mi camino, que la muerte de su generación anterior la hubiera llevado a mi instante.

—Dar. Lo sé...

—No hay nada más —volví a insistir.

—Lo sé. —Me volvió a sonreír—. Pero no te será fácil explicarles lo que sientes. Ellos tienen trampas, tienen formas de pararlo.

»Esto existe porque es efímero; no te comprenderán. Ellos viven para el dinero, para el trabajo, para las posesiones, para aprovechar los recursos...

»Intentarán contrarrestar tu discurso hablando de miedos, de posición en el mundo, de equilibrio y de futuro.

»Cada avance de la sociedad nos aleja de la muerte y, por ello, también de la vida.

»En dos mil años han perfeccionado lo absurdo: nacer y vivir de espaldas a la muerte, cuando ésta lo recoloca todo.

La escuchaba pero no la creía. Me parecía que estaba

cerca de mi instante pero alejada de mi fuerza inspiracional.

Ella decidió ser más concreta.

—¿Qué harás cuando llegues allí? ¿Cómo transmitirás esos valores? ¿A quién?

No contesté. Decidí que era hora de marchar. Iría a ver a la mujer embarazada, creía que ella me comprendería; estaba seguro de que ella sí que podría darme la respuesta que necesitaba.

La chica del avión me retuvo.

—Regálame tres horas de tu vida para hablarte de mi generación...

Y lo acepté. Y me enseñó su mundo. Ellos y ellas tenían nombre de poeta. Su líder se llamaba Wisława, en honor a la gran Szymborska. Aquella chica también estaba luchando en el Grand Hotel.

Me enseñó dónde se reunían, una preciosa cueva de color verde. Y su forma de despedirse. Utilizaban las cenizas mezcladas con pintura para escribir versos en las paredes volcánicas que resumieran la vida de las personas perdidas.

Me leyó unos cuantos:

«PISA CON CUIDADO QUE ESTÁS
PISANDO MIS SUEÑOS.»

«HACER EL BIEN ES CREAR FELICIDAD. HACER
EL MAL ES CREAR DOLOR. NO HAY MÁS.»

«SÉ TÚ MISMO, LOS OTROS PUESTOS
ESTÁN OCUPADOS.»

Me emocioné al saber de quiénes provenían cada una de esas cenizas en forma de palabras. Noté que Van Gogh sentía lo mismo.

También me contó que su líder supuraba energía positiva y cómo había convertido cada acto cotidiano en amor y sexo. Les había enseñado a cuidarse siempre en cualquier instante. Y sobre todo en los trayectos, que es cuando menos se disfruta y en realidad cuando más se debe hacerlo.

Sentí que su mundo rimaba y era pecoso. No sé explicarlo mejor.

Me contó que el idioma que hablaban era el de las caricias. Se acariciaban cuando lo necesitaban.

«Las cicatrices de los miedos son fruto de las caricias perdidas», me dijo.

Fue increíble poder conocer su mundo, que era tan diferente al nuestro.

—¿Y tú qué harás como líder? —le pregunté.

Cada palabra que decía resonaba en aquella cueva y parecía que se depositaba dentro de ella.

—Creo que no hay que pensarlo, tan sólo sale —me contestó—. Ellos llegarán con sus muertes y sus formas de luchar contra ellas, y tomarán partido. Lo único que cambia a las personas son los viajes y el vivir en comunidad.

»Ser líder no significa ejercer este papel, tan sólo tienes que iluminar.

Me encantó la forma de enfocar su liderazgo. Quizá debía quedarme bajo su tutela. El cambio de edad me lo permitía.

Se lo dije y la enternecí tanto que acabamos entrando en el universo de su antigua generación.

Acabamos acariciándonos en una especie de masaje sin fin. Ella me llevó tan lejos... Yo era otro aprendiz en una generación distinta, que no era la mía propia.

Ella se dio cuenta y me alentó.

—Enloquece y olvida el cerebro, no te ayuda, es un lastre. Pensando se generan los problemas.

Dijo mi frase, me sentí tan acompañado...
Y me dejé llevar.

# 16

# ¿ERES
# VIENTO,
# CUERDA
# O
# PERCUSIÓN?

Supe que podía quedarme allí y ser feliz, pero aquello supondría un error. Miré a Van Gogh, estaba contento junto a aquella chica, era como si hubiera encontrado parte de su nueva manada. Niño quería que fuese compartido y decidí que se quedara junto a ella. Ambos estuvieron de acuerdo y a los dos les susurré que cuidaran del otro.

Yo en cambio no deseaba acomodarme, tenía que recorrer mi camino, por complicado que fuera. Le conté que tenía que ir a ver a la mujer embarazada, la líder de otra generación.

Ella no me retuvo, sino que me ofreció una pequeña embarcación a vela para que llegase más rápido.

—No he ido nunca en barca —le confesé.

—Te enseño, en diez minutos la dominarás.

Y así fue. Soltó el amarre, diez minutos de su tiempo y navegaba. Dar.

Los dejé en la orilla y tuve la certeza de que esta vez no los volvería a ver, pero agradecía la suerte de haberlos conocido.

Se despidió de mí tocando aquella maravilla de «*Il silenzio*» de Nini Rosso. Me imaginé que ella había elegido como imposible tocar la trompeta en sus últimos días. No sé quién me había explicado que existe un instrumento para cada persona, que se adapta a sus características. Sólo debes saber si perteneces al viento, a las cuerdas o a la percusión. Ella era puro viento.

Puse rumbo al oeste y vi mi hogar desde el mar. Al contemplarlo desde otra perspectiva desconocida para mí, me emocioné nuevamente.

Y giré la cabeza y observé el Grand Hotel tan cerca. Decidí que debía ir allí para comprender como era aquel lugar donde moríamos, pero sobre todo conocer al líder de la generación que me precedía.

No sabía qué le diría al joven Matisse cuando le conociera, deseaba hablarle de lo que había vivido, pero me imaginaba que no distaba mucho de lo que él había creado. Seguro que todos acabamos siendo parte de los descubrimientos de otros.

Me dirigí hacia el Grand Hotel con toda la pericia que mis diez minutos de aprendizaje en barca me permitían.

Al llegar a la orilla, allí, estaba Madre observándome. Creo que no era ni el primero ni el último que deseaba conocer aquel lugar antes de que fuera su hora.

Dejé la barca sobre la arena. Ella me miró y, sin mediar palabra, me llevó hasta aquel edificio circular, el famoso Grand Hotel.

Fuimos hasta la cuarta planta, a la habitación 415. Había un pequeño letrero pintado con la palabra MATISSE. Supongo que era bastante obvio a lo que venía; imaginé que otros líderes habían deseado conocer a sus predecesores.

Madre marchó sin decir nada.

Entré solo y allí, en una cama de hospital, junto a cables y sonidos de hospital reconocibles, estaba Matisse.

Tenía más o menos mi edad, estaba muy bronceado, sus ojos estaban cerrados y su rostro era realmente bello. Me pareció la persona más hermosa que había conocido.

Abrió un ojo cuando entré. Me senté a su lado e, instintivamente, le cogí la mano; no sé por qué lo hice.

Le hablé de quién era, del resto de su generación que había conocido, de la chica cabreada, de la joven que parecía mayor, de Niño, de Tronco, de mis pensamientos, de lo que opinaba de la sociedad, de lo que deseaba cambiar, del baile, de la ópera...

Nada que no supiera, imagino.

Él me miraba con un ojo abierto e irradiaba hacia mí un

extraño sentimiento de confort. Es raro de explicar, pero me hallaba ante uno de esos seres limpios, sin fisuras, que te dan y te hacen sentir perfecto contigo mismo.

Después de casi una hora hablándole, él pronunció unas pocas palabras:

—La sociedad eres tú..., no lo olvides... La sociedad también eres tú. —Me miró y añadió—: La búsqueda sólo necesita una dirección, no un destino.

Seguidamente me dio el libro de los pintores del que me había hablado la chica que había crecido demasiado. Moría y me regalaba su bien más preciado. Dar.

Y, de repente, aquellos aparatos que le conectaban con la vida sonaron de forma rítmica como pequeños chillidos advirtiendo que alguien grande se marchaba.

Madre y un par de enfermeras entraron. No vinieron ni corriendo ni con prisas, allí venías a morir, nada era sorprendente ni doloroso. No lo intentaron reanimar, tan sólo apagaron los aparatos.

Madre me indicó si quería cerrar el ojo abierto. Me pareció un gran honor, lo hice y sentí como parte de su vida me rozaba.

Esperaba que entonces Madre me diese sus normas, sus discursos y sus consejos. En aquella isla todos hablaban y relataban lo que sentían.

Pero durante la media hora que estuvimos en aquella habitación, Madre no dijo nada. Nos mantuvimos en silencio, en paz, acompañando a Matisse. Su vida se alejó lentamente de aquella habitación.

Me marché cuando sentí que lo debía hacer, caminé sin prisa por aquellos pasillos. Me detuve en una puerta donde ponía WISŁAWA.

Entré, la acaricié y ella nos dejó...

Escribí una frase para ella en su brazo:


«AQUEL QUE TIENE POR QUÉ VIVIR,
PUEDE ENFRENTARSE A CUALQUIER CÓMO».


Cogí la embarcación y fui a ver a la mujer con la que había bailado.

# 17

# DOMADORES
# DE
# VOLCANES

Llegué y llamé a la puerta, pero ella no abrió.

Entré en la casa, fui a la terraza y no la vi.

Subí hasta la planta más alta de su preciosa casa. Y allí estaba, bueno, estaban...

Un pequeño bebé reposaba en sus manos. El rostro de ambos reflejaba tanto amor que era imposible no dejar de sonreír.

Me senté a su lado, la cogí de la mano, no sé cuántas había rozado aquel día.

La miré con dulzura; el niño emitía un leve sonido que era la banda sonora de aquel momento.

Poco a poco, los dos comenzamos a imitar ese sonido, era como un mantra que nos daba paz.

—Creo que es el primer niño que nace aquí —dijo ella—. Tendrá una gran vida. ¿Te he hablado alguna vez del mundo azul?

Negué con la cabeza.

—El mundo azul de Rafael Alberti. Aparece en un poema que le dedicó a César Manrique. Le llamó «pastor de vientos y volcanes». Una bonita descripción, ¿verdad?

Asentí.

—Tú tienes cara de domador de vientos y volcanes —me dijo—. Y este bebé también...

Entonces recitó parte de ese poema de Alberti en voz alta. Se llamaba «*Lancelote*». Era tan perfecto...

> *Vuelvo a encontrar mi azul,*
> *mi azul y el viento,*
> *mi resplandor,*
> *la luz indestructible*
> *que yo siempre soñé para mi vida.*
>
> *Aquí están mis rumores,*
> *mis músicas dejadas,*
> *mis palabras primeras mecidas de la espuma,*
> *mi corazón naciendo antes de sus historias,*
> *tranquilo mar, mar pura sin abismos.*

Yo quisiera tal vez morir, morirme,
que es vivir más, en andas de este viento,
fortificar su azul, errante, con el hálito
de mi canción no dicha todavía.

Yo fui, yo fui el cantor de tanta transparencia,
y puedo serlo aún, aunque sangrando,
profundamente, vivamente herido,
lleno de tantos muertos que quisieran
revivir en mi voz, acompañándome.

Mas no quiero morir, morir aunque lo diga,
porque no muere el mar, aunque se muera.
Mi voz, mi canto, debe acompañaros
más allá, más allá de las edades.

Me estiré con ella. La cogí de la mano. Respiramos
juntos, escuché su corazón latir despacio: estaba desapareciendo. Ella miró mi libro de pintores. Buscó un pintor
y un cuadro. Sabía qué buscaba.

—Otro que sabía de azules —dijo—. Y de verdad sin
arreglos. Pintaba siempre en el exterior y a toda velocidad. Decía que las olas, el mar, no esperaban a que los captases, debías ser rápido. La naturaleza nos habla a toda
velocidad.

Sorolla era el pintor del que hablaba. Sus cuadros tenían títulos sencillos: *Nadadores*, *Verano*, *Pescador*... Y su filosofía se parecía a la de mi padre.

—Sé que no veré crecer a mi hijo, pero si pongo en mi mente en orden todos esos niños de Sorolla con sus mares, sus caballos, sus amigos... —dijo pasando páginas—. Y es como si lo viera a él crecer, vivir y jugar.

»En ese mundo azul de Sorolla y Alberti, le veo crecer y me lo imagino estirado en la arena riendo y viviendo...

Me volvió a sonreír.

—Te ayudaré. Llámate Sorolla. A veces los líderes deben seguir a la antigua generación para no olvidar sus enseñanzas. —Sonreí, me encantaba mi nuevo nombre—. Pero, a cambio, has de buscarle un nombre a mi hijo. Pertenece a tu nueva generación.

No dije nada. Sentía su emoción y me imaginaba lo que iba a pedirme a continuación.

—Yo partiré ya. Quiero que te lo quedes y te lo lleves de aquí. ¿Lo harás?

—¿Dónde quieres que lo lleve? —dije angustiado—. Yo no viviré lo suficiente.

—Tú vivirás mucho, Sorolla —me interrumpió.

Sé que no hablaba de vida física; noté que la perdía.

Y fue entonces cuando canté para ella y mi voz salió casi angelical, casi como uno de esos cánticos de iglesia. Canté «*Di quella pira*» de *Il trovatore* de Verdi. Me quité el audífono azul y amé mi caos.

La canté de una manera que jamás pensé que podía llegar a conseguir. Ella me escuchó emocionada y no supe hasta que acabé que aquello sería lo último que oiría en su vida.

*Madre infelice, corro a salvarti,*
*o teco almeno corro a morir.*

Me sentí parte de su mundo azul.

Cuando ella se fue, el niño no lloraba, tan sólo me miraba en silencio.

Decidí que tenía que cumplir mi promesa y llevármelo de allí.

# 18

TODO EL MUNDO
TIENE DOS ANIVERSARIOS:

EL DÍA QUE NACE
Y
EL DÍA QUE DESPIERTA A LA VIDA

Deshicimos el camino hasta el aeropuerto.

Subimos en aquel avión y lo até fuertemente a mí en mi asiento.

El destino del viaje era el lugar donde yo había sido más feliz, donde había perdido a mi padre adoptivo. En aquel acantilado, él sería todo lo que yo no había podido ser.

Y cuando llegase, le entregaría aquel libro que había empezado a escribir, junto con aquellos dibujos que reflejaban lo mejor de mi vida que acabaría en aquel viaje.

Ese «ama tu caos, ama tu diferencia, ama lo que te hace único».

Con aquella herencia, él podría hacerlo todo en la vida, absolutamente todo. Sentía que ya no hacía falta nada más, aquél era el camino, tan sólo acabar aquella historia, dársela y él sería el que la llevaría por el mundo.

Había nacido y había sido cuidado en aquel lugar. Lo

comprendería todo, pues se había alimentado de la energía de todos los de aquella isla y podría cambiar el mundo.

Tan sólo me faltaba encontrar su nombre.

Y lo tuve claro, tenía que ser una palabra que todo el mundo recordase.

Pensé muchos nombres diferentes: todos hacían referencia a cosas que me habían pasado en aquella isla. Offenbach en honor a ese primer baile, Drago o Ilmondo en recuerdo de Torso y su batería, Lancelote por el mundo de su madre...

Pero decidí que, como siempre, fuera la música la que lo eligiera y que lo que me inspirase la canción que sonase cuando aterrizáramos, formaría parte de su vida.

Fuera la que fuese, en aquel estribillo estaría su energía.

¿Puede una sola persona transformar el mundo? No tengo ninguna duda de que sí.

En aquel viaje le susurré a aquel niño mil historias. Sabía que aquel trayecto sería el último: cuando tocase tierra yo ya no respiraría.

Abracé fuertemente al niño contra mí; cuando yo marchase, él recibiría mi pérdida. Mi caos sería abrazado por él en forma de caricia.

Él nacía y yo moría, él tenía el poder de cambiar el mundo y yo deseaba que él lo hiciera.

Se acercaba nuestro destino. Seguramente alguien lo encontraría atado a mí después de aterrizar. Dejé la nota de cómo debían educarle, de cuándo debían darle aquel libro.

Si respetaban aquellas pautas, estaba seguro de que aquel chico cambiaría el mundo.

El avión comenzó a aterrizar y resonó un tema en el interior.

Fue «*Blue Eyes Crying in the Rain*» cantada por Elvis. La última canción que entonó el Rey el día que murió. Era perfecta y me recordaba a los temas sin fin con los que creaba mi padre. Amaba el trozo del estribillo que decía: «Nos volveremos a ver en aquella tierra que no conoce la despedida...».

*We'll stroll hand in hand again*
*In a land that knows no parting.*

Supe que aquel tema respiraba la energía de todos los que habíamos luchado y ese cielo lleno de azules que algún día nos rodearía.

De repente, aquella música me hizo recordar a Niño y su historia sobre los Índigos de alma azul. Estaba seguro de que aquel bebé era uno de ellos. Lo tuve claro.

Azul sería su nombre.

Azul haría girar de otra forma a este mundo.

Sin saberlo había creado mi generación.

Aquel niño empezaría un nuevo mundo que hablaría de

vivir pensando en la muerte, en jugar, en sentir, en existir, en olvidar cualquier regla...

—Azul... —le susurré.

Él sonrió al escuchar su nombre. En su sonrisa se cobijaba parte de todos los que habíamos perdido.

Me quité el colgante de mi cuello que protegía la llave de la casa del acantilado y se lo puse. Allí estaba su hogar.

—El mundo, Azul, ama tu caos.

Bailamos su canción disfrutando ese instante y pensé:

«¿Quién le cuidaría?»
«¿Quién le querría?»
«¿Quién amaría su caos?»

Lo grité muy fuerte en mi mente, cual altavoz interno, deseando que alguien en aquel avión lo escuchase y desease quererle y cuidarle.

Miré hacia adelante y hacia atrás en el avión y, finalmente, escuché una voz que sonó sin que nadie moviera los labios. Resonó dentro de mí y supe que la había oído antes.

«Yo amaré su caos.»

Me giré y, seis filas más atrás, escorado a la izquierda, estaba Padre. Padre, el creador de aquellas figuras de lava que ofrecía al volcán. Padre, que me observaba orgulloso por la decisión que acababa de tomar. Me imaginé que la chica del sur le había contado mis propósitos y él había abandonado aquella isla para ayudarme a cumplir mi sueño.

El avión aterrizó y supe que él lo haría. Adoptaría a ese niño y se lo llevaría a la casa del acantilado juntamente con el libro que había escrito.

Sentía que al final había creado mi mundo, había dejado mi herencia.

Me sentía morir pero sólo podía sonreír, estaba feliz.

Lo último que noté es como él venía y me acariciaba el rostro. Le devolví el Borsalino y le entregué a Azul. Sabía que cuidaría de él y le ayudaría a moldearse.

En aquella isla había aprendido que cambiar te hace tan diferente. Querer seguir igual sólo te lleva a caminos cómodos.

Y fue entonces cuando escuché el mar de mi tierra, el mar de mi padre. Su sonido, sus olas, su mensaje...

Y es que mi padre escuchaba el mar, el sonido de las olas romperse contra el acantilado.

Jamás escuchó a las personas. Se pasaba horas mirando ese acantilado deseando comprender qué le quería comunicar ese sonido.

—La naturaleza nos habla pero estamos demasiado ocupados para entenderla —me susurraba algunas noches.

Miré a Azul antes de que saliese del avión. Sé que él también escuchaba las olas y las comprendía. Entendía lo que nos susurraban el mar, la tierra y el viento... Y hasta los pequeños acordes creados por el sonido de dos o tres planetas...

El mundo azul ya estaba en marcha: me imaginé como aquel muchacho crecería y estaría feliz en una orilla del mar cual cuadro de Sorolla. Lo garabateé como lo recordaba mientras tarareé «*La Passerella di Addio*» y me dejé ir; me sentía pletórico.

Y es que todo el mundo tiene dos cumpleaños, el día que nace y el día que despierta a la vida. Y hoy yo había despertado, era mi segundo aniversario.

Un último pensamiento nació de mi caos: «Sí, arriésgate». Esa debería ser siempre la respuesta a cualquier pregunta.

Y fue en ese instante que el mundo azul explotó dentro de mí.

### EL MUNDO AMARILLO

Descubre la sensacional autobiografía que ha conmovido e inspirado a los lectores de todo el mundo. Albert Espinosa nunca quiso escribir un libro acerca del cáncer, y no lo hizo. En cambio, aquí comparte sus recuerdos más graciosos, trágicos y felices con la esperanza de que de ellos otros muchos, sanos o enfermos, saquen fuerza y vitalidad. A los trece años, a Espinosa le diagnosticaron cáncer y pasó los siguientes diez años en hospitales, sometiéndose a desalentadores procedimientos, incluyendo la amputación de su pierna izquierda. Solo tras haber perdido un pulmón y la mitad del hígado, lo declararon libre del cáncer. Y solo entonces se dio cuenta de que lo único más triste que morir es no saber cómo vivir. En esta obra, Espinosa nos lleva a lo que él llama "el mundo amarillo", un lugar donde el miedo pierde su significado; un lugar lleno de desconocidos quienes, por tan solo un momento, se vuelven tus mejores aliados; y un lugar donde las lecciones que aprendes te nutrirán el resto de tu vida.

Autobiografía